海男，女，中国当代著名诗人、作家。曾获1996年刘丽安诗歌奖、中国新时期十大女诗人殊荣奖、2005年《诗歌报》年度诗人奖、2008年《诗歌月刊》实力派诗人奖、2009年荣获第三届中国女性文学奖、2014年获第六届鲁迅文学奖（诗歌奖）。已出版《男人传》《女人传》等作品80余部。现为云南师范大学特聘教授。

"西南联大文库"编委会：

编委会主任：饶　卫　蒋永文
编委会常务副主任：闻黎明　何伟全　张　玮
　　　　　　　　　安学斌　刘　坚
编委会副主任：殷国聪　崔汝贤
　　　编委：杨顺清　杨　洪　何　斌　陈　新
　　　　　　郑勤红　张绍宗　尚　云　李永明
　　　　　　殷国聪　崔汝贤　李红英　胡　彦
　　　　　　邹建达　包云燕　张曼菱　李光荣
　　　　　　谢　泳　谢本书　杨绍军　戴美政
　　　　　　吴宝璋　余　斌　朱端强　余嘉华
　　　　　　陈朝慧　杨立德　于　坚　海　男
　　　　　　朱　曦　高建国

海男文集·散文卷

我的魔法之旅

海男 著

云南出版集团　云南人民出版社

图书在版编目（CIP）数据

我的魔法之旅：散文卷/海男著. —— 昆明：云南人民出版社，2018.8
（海男文集）
ISBN 978-7-222-17276-0

Ⅰ.①我… Ⅱ.①海… Ⅲ.①散文集—中国—当代 Ⅳ.①I267

中国版本图书馆CIP数据核字(2018)第126988号

责任编辑：刘　焰　苏映华　姚实名
创意设计：人合圆文
责任校对：陈春梅
责任印制：洪中丽

WO DE MOFA ZHI LÜ
我的魔法之旅（散文卷）
海男　著　　封面插图/海男　　海男肖像：陈婉清/绘

出　版	云南出版集团　云南人民出版社
发　行	云南人民出版社
社　址	昆明市环城西路609号
邮　编	650034
网　址	www.ynpph.com.cn
E-mail	ynrms@sina.com
开　本	787mm×1092mm　1/32
印　张	10.125
字　数	160千
版　次	2018年8月第1版第1次印刷
印　刷	云南出版印刷（集团）有限责任公司 云南新华印刷一厂
书　号	ISBN 978-7-222-17276-0
定　价	43.00元

如需购买图书、反馈意见，请与我社联系
总编室：0871-64109126　发行部：0871-64108507　审校部：0871-64164626　印制部：0871-64191534

版权所有　侵权必究　印装差错　负责调换

云南人民出版社微信公众号

目　录

一只奇妙的珠颈斑鸠引领着我
（1984·会泽）　　/　001

幽暗，打不开关闭的窗户
（1989·剑川）　　/　005

远处出现了模糊的墙壁
（1998·禄丰）　　/　009

一个牧马人和他的马厩
（2002·云龙）　　/　013

褐色老墙之外的一次葬礼
(2001·南华) / 017

屋檐、毛主席语录、格子门窗
(1992·鹤庆) / 020
褐色的午后生活
(1995·呈贡) / 024

失散的石磨群体
(2000·云龙) / 028
墙上手推车的影子
(1993·泸西) / 032
水井边的世俗生活
(2000·罗茨) / 035
竹篱笆墙壁上的肖像
(2000·福贡) / 038
时间在此处的休憩状态
(1996·建水) / 042

命运交响曲中的音符

(1984·丽江) / 045

世上最美的斑点

(1982·江川) / 048

一匹马把我带到了山顶

(2000·云龙) / 051

现实主义时代的补鞋匠

(1984·盐津) / 054

被时间遗忘的地址

(2000·云龙) / 058

我看见了陶罐中的盐

(1981·曲靖) / 062

白夜的旅行

(1986·宾川) / 066

秋叶之静美

(2000·建水) / 069

说吧,亲爱的井栏和石头

(1982·大理) / 073

宇宙间黑色的解谜方式

（1998·禄丰） / 076

窥视生活

（1988·洱源） / 079

看半透红的绯红天空

（1997·德钦） / 082

孔雀之乡的语言

（1982·西双版纳） / 086

移植到墙上的符号

（1999·宾川） / 090

当一个人在划燃了轻盈的火柴时

（2002·剑川） / 093

新冠盛开时

（1983·富源） / 097

远处传来了斑驳声

（2001·大理） / 100

像蛇一样逃逸出去

（1997·呈贡） / 104

一道黑暗裂纹穿过一片明亮
（1999·金平） / 108
神祇的容颜
（1999·洱源） / 111

楼梯的故事
（2000·石屏） / 114

屡经诱惑的花纹
（1984·宾川） / 117
黑井古镇的撒盐人
（1983·禄丰） / 120
金黄色事件
（1984·巧家） / 123

倾诉沉闷的庭院
（1983·大姚） / 127
云南南部山区的一个时刻
（1998·石屏） / 130
故事中的叙事者
（1984·弥渡） / 134
固定的四季周而复始
（1998·德钦） / 137

小世界的趣闻
（1983·泸西） / 141
夜和秋的世界
（1998·漾濞） / 144

来自巢穴的抒情
（1999·中甸） / 148
过去的洞穴和现在的隧洞
（1984·祥云） / 151
"我们只是一些影子"
（2000·祥云） / 154

像石头一样不朽
（1998·澄江） / 158
你看见玉米了吗
（1998·祥云） / 161
猜想中的斑驳
（1999·宾川） / 165
杂货铺
（1983·会泽） / 168
墙上长出的另一种苔藓
（2000·丽江） / 171
门神下的妇女
（1984·昭通） / 175
"神灵允许我述说内心的烦闷"
（2000·南华） / 179
又看见了玉米
（1994·鹤庆） / 182

沿着怒江大峡谷溯源而上
（2000·福贡） / 186
穿针引线的生活
（2001·罗平） / 190
笼　罩
（1997·弥渡） / 193
尚未消失的魔法时刻
（1983·晋宁） / 197
或阴影，或忧愁
（1988·呈贡） / 200
萎　靡
（2000·剑川） / 203
来自图像的变化
（1997·丽江） / 206
失忆者的水槽
（1984·丽江） / 210
真正的无忧无虑者在何处
（2000·罗茨） / 213
一个人和墙上的影子在一起
（1984·巧家） / 216
焦渴和悬念之门
（2000·永平） / 219
我迷恋任何转瞬即逝的事物
（1992·富民） / 222

蓝色、黑色、褐色
（1994·宾川） / 225
一个盲人带领我经过了此地
（1993·晋宁） / 228
被遗忘的一个角落
（1984·昭通） / 232
我的身体曾经是沙漏
（1984·大理） / 235
梯子和农具在一起
（1987·路南） / 238

圆圈中的秘密
（1999·建水） / 242
身体的约束
（2000·宾川） / 246

来自驿站的故事
（1989·祥云） / 249
曾　经
（1999·巍山） / 253
现在我可以枯萎而进入真理
（1984·大理） / 256
葫芦也是一种乐器
（2001·昆明） / 260

大山包的母与子
（1984·昭通） / 264
永恒不变的场景
（1984·昭通） / 267
旁边的事物
（1984·昭通） / 271

我经历了古老的狮子守候的小径
（1983·禄丰） / 274

身患芳香症的民间工匠
（1985·建水） / 277
出　发
（1988·洱源） / 281
有王者风度的彝人
（1984·宁蒗） / 285
喇叭的故事
（1984·大理） / 289
古驿道以及与霍乱有关的故事
（2001·云龙） / 293
19世纪的马帮经过了这里
（1999·罗茨） / 297
我的身世像幽灵般转动不息
（1987·剑川） / 300
开花结果
（2000·洱源） / 304

一只奇妙的珠颈斑鸠引领着我
（1984·会泽）

我进入云南会泽县境内是必然的。沿着泥路，我们把车抛锚在一片凸起的平坡上，钻出车厢的时候，我的脚踩进了泥浆，这不是浅的泥浆，而是深而纠缠人的泥浆，整个身体仿佛陷在了荒原上的沼泽地，我有一种欲罢不能的感觉。一只珠颈斑鸠正好从我的头顶飞过，它几乎擦着了我头顶那片树枝，它的声音，一种抑制不住的惊恐之声。它好像是在寻找什么，嘴里不停地呼唤着同一种旋律，我的同伴告诉我说，这只珠颈斑鸠正在寻找它的同伴或它的巢穴，也许是什么原因，它的巢穴被迁徙了。一种奇妙的感情引领我在追寻着这只珠颈斑鸠的飞翔方向。顷刻间，我终于从深不可测的泥浆中拔出了我的双脚，然后，什么也不顾忌地朝前扑去。前面终于出现了一片向日葵，不是一片，而是辽阔的一片向日葵，它们在微风中摇曳着，从稍远处看去仿佛无以计数的金色帽子在空中飘动着，只有慢慢地走近它，我才惊讶地发现，这是一片辽阔得超出了我们想象的向日葵。而且，令我惊喜的是那只珠颈斑鸠好像正顺着这片向日葵林向远方振翅而去，因为我又听见了珠颈斑鸠那显得有些凄惨的呼唤声，也可以说，那呼唤声慢慢地变成了尖叫：多么有意思的尖叫，一只珠颈斑鸠在尖叫，我好像看见了它拍打着双翼，我知道，飞翔的生灵们同样有语言存在，语言存在于它们的身体中，存在于它们可以拍翅飞翔的节奏中。不过，它飞得确实太快了，而我们是谁呢？刚刚从泥浆中拔出了双脚，我们不停地追，钻进了向日葵丛。我们不知道在追什么，在发现既有向日葵存在也有一只珠颈斑鸠的时候，我们是谁？我们在这洋溢着热气的尘埃中穿来穿去，究竟想干什么？此刻，我脚踩着向日葵的根部，它的灵性充溢着我，走了很长时间，竟然感知不到时间的流逝，直到我们从辽阔的向日葵丛中走了出去，再也没有一棵向日葵绊住我们的影子了。这是1984年的9月，一切都像一种诗学符号的荡漾，我抬起头来看见了一座废弃的老墙，它就在我们朝前奔去的山坡上等待着我们。我胆怯地放慢了脚步，慢有多种可能，有意识地放慢脚步，第一是为了抑制滑动和快感，第二是为了减轻恐惧和焦躁。然后，我慢慢地靠近了这堵老墙，它在阳光下呈现金色的窗户，那些被蜜蜂蚕出的洞穴或许已经失去了最为甜蜜的味道。一种苦涩的情感从胸中升起，犹如从炉火中升起。我手的触觉仿佛扇面一样张开，当我把手放在墙壁上那只留下过蜜蜂痕迹的洞穴中时，突然，我的耳边响起了珠颈斑鸠的欢鸣声，那不久之前显得凄惨的声音顿然之间已经转换成愉快的、甜美的叫声。世界是多么奇妙啊，我顺着欢鸣声来到墙壁的另一边，眼前出现了一只巢穴，那是我见过的最为裸露、毫无隐蔽的巢穴，它像一丛野草垒建在墙的后面。确实，这是珠颈斑鸠的迁徙者们寻找到的最为理想的、临时的居所，对靠飞翔来战胜危机的珠颈斑鸠们来说，面临着永恒不变的生存规则的游戏，这就是毫不妥协地飞翔，不停止地置换巢穴。那只引领我的珠颈斑鸠显然已经寻找到了它的巢穴，这意味着它已经寻找到了它的同伴、它的孩子们,因为在巢穴中我既看见了一只成熟的珠颈斑鸠,同时我也看见了一群披着鹅黄色绒毛的小珠颈斑鸠。我很高兴,在这堵老墙下,它们寻找到了暂时的巢穴,建立了它们的家庭。

幽暗，打不开关闭的窗户
（1989·剑川）

在被雨雾所笼罩的 1989 年夏天，我到处旅行，辗转到了这座老房子周围。旁边，是整个滇西的夏天，离我稍近的旁边则是一条街道，这是滇西的剑川，我不知不觉地进入了剑川的木格子窗户中，只想看见一个剑川木匠。在工匠林立的档案中，到处是剑川工匠的花名册，我并不想捧着花名册对号入座，我只想出入于真正的剑川，寻找到一座庭院。沿着剑川的街道往前走，我终于走出了街道，在不远处的雨雾中，突然出现了一种幽暗，比起明朗的阳光，幽暗带来的是一种战栗，反之，明朗的阳光带来的则是一种雀跃。在两者之间，我们的生命辗转反侧，或许在某一刻抓住了梦魇，也许这就是幽暗；或许在某一刻，抓住了阳光,也许这就是雀跃。

幽暗从一座被抛弃的老宅中散发出来,我渐渐地环顾着四周,我希望看见人或者别的生灵,它们可以与我在幽暗袭来时对话,毕竟我太胆怯了。人在胆怯时突然产生的是幻觉,一个割猪草的孩子跑进我的视线中,她浑身湿漉漉地望着我,这不是幻觉,而是现实。我让她带我到那座老宅中去看看,她摇摇头说里面有鬼,有许多许多鬼。讲起鬼来,她似乎特别充满灵性,她那湿漉漉的身体跳跃着,不停地讲述着一个又一个鬼故事,在她所讲述的所有的鬼故事里,都在言说着一种现实:无人敢于到那座老宅中去,那座老宅已经被废弃许多年了。我胆怯地望着小女孩,她从我身边消失以后,我仍然望着她消失的地方。

我站在幽暗之中撑起了雨伞,久久地站立着,我不敢靠近这座废弃了的老宅,然而,我可以为此眺望它的容貌,雨雾遮掩住了它的下半身,犹如幽暗从尘埃中升起,挡住了它的地基和下肢。不过,在雨雾中,我看见了它的一道道木格子墙壁,它就是老墙,是从幽暗中升起的老墙。过了一会儿,那个割猪草的女孩子又回来了,仍然是浑身湿漉漉地站在我身旁,只不过,她手里抓着一块烧红薯,大约是饥饿了,正在大口大口地啃着那块散发出喷香气息的烧红薯。她拉住我的手,我突然有了一种力量,想让她陪我去老宅看看,她犹豫了一下点点头说:"你不害怕鬼吗?"她这么一说我就好像真的不害怕鬼了,然而,当我们越来越近地靠近那座老宅时,她突然挣脱了我的手在雨雾中跑走了。我又后退到原来的地方,我找到了一个可以安慰自己的理由:为什么非要靠近那座老宅呢?为什么非要走进去呢?隔着雨雾,我不是同样可以访问它的灵魂吗?就这样,在雨雾中,幽暗的屋檐下面的花纹已经模糊地向我飘动而来,我不知道是哪一个剑川木匠雕刻了那些花纹,也不知道是哪一种想象力使那个早已作古的剑川木匠寻找到了灵感。雕刻犹如诗意一样需要用灵感来激发创造力,我想,在剑川木匠雕刻不远处的那些格子门和墙壁时,他周围并没有幽暗,相反,他的生命中充满了明亮的阳光和流曳到他手上的金黄色符号,使那些墙壁变得幽暗起来的是时光,是一去无可返回的时间之谜,是雨雾中轮回在我们生命中的暗淡。或许也是鬼魂,我相信,一座废弃的老宅中肯定有鬼魂在游动,那些鬼魂周而复始地来往于天地之间,最后融入幽暗的或黑色的疏影中去。我知道,我害怕鬼魂,是因为我不了解鬼魂的思想,这是一种奥秘,有一天,我会揭开这个奥秘。

远处出现了模糊的墙壁
（1998·禄丰）

1998年，旅行环绕着整个滇西进行着，除了换车，一辆又一辆的大卡车、运货车之外，就是步行。我之所以喜欢旅行是因为与那个夏季的阴影有关，当夏季降临时，阴影在横跨一座石桥时立在桥中央；而当我和阴影并行互相致以隐私的问候时，我便寻找到了母语。而此刻，1998年夏季，我已来到禄丰，这一年我像疯了似的朝着滇西，仿佛在朝着滇西的每一只金黄色草筏，飞掠而上，沿着天空越飞越高的鸟群的方向，似乎没有任何目的，只为了朝前走。转眼之间，我已来到了炼象镇，渐渐涌起的黄昏使我感受到了一阵饥饿，在镇中央的铺子里，我剥开了一包烤玉米，香味使舌尖蜷起来，香味使胃剧烈地蠕动起来。一包烤玉米足以填饱肚子，这就是我们人类对万物感恩的原因之一。朝着一片山坡，好像是斜坡，黄昏的光泽已经渐渐地覆盖着一座模糊的墙壁，我的同伴，炼象镇的一位盐夫正担着盐袋，盐夫的家很远很远，当然他说不出到底有多远。正因为如此，远，比近更吸引我，在路上盐夫一边吸着烟，那是类似于雪茄的烟，但仔细一看，却是盐夫用手自卷的烟。我凝视着盐夫，我不知道到底有多远，而盐夫总是说在前面不远处有几十户人家形成的乡村，盐夫在乡村开了一家盐店，除此之外，还经营着别的少量百货。我之所以把一个三十多岁的男人称为盐夫，是因为他闯进我视野的时候，担着盐巴，隔着老远，我就嗅到了一种很咸的味道，我对盐始终很敏感，也许世上唯有盐可以每天跟我们的舌尖交融在一起。

跟着一个盐夫，朝着看不见的地方走去，此刻，我早已离开了一盏街灯、一个邮筒。沿着滇西，我正在捕捉除了阴影之外的一切，也许是一个盐夫，也许是一种墙上的斑点。此刻，在盐夫的身后，我走得比盐夫绝对要艰难得多，事情很简单，盐夫每天走在他熟悉的路上，即使闭上双眼,他也不会迷路,而我呢,即使睁大双眼,我也会迷路。

照片上的这条道路就是盐夫经常走的路,而他却告诉我说看得见的墙壁并不是他的乡村,他的乡村还很远很远。我被他陈述远的那种无所谓笼罩着,远,似乎在我眼前已经汇成了一片缤纷的薄雾,我们经过了照片上的墙壁时,我真想因此不走了。然而,盐夫却一直朝前走去。就这样,一种被施了魔法的远控制住了我的情绪,而当我回头时,身后的道路已经被黄昏完全覆盖了。

不远处,再次出现了模糊不堪的墙壁,看见墙壁,总会让人感觉到希望所在。此刻,从已经变黑的山丘包上涌现出来一座村子,盐夫嘴唇嚅动了一下。于是,我们渐渐地靠近了山丘,越来越近地把身体靠近了山丘。就这样,我在这个村里住了一夜,第二天又出发了,旭日高升的时候,盐夫和他年轻的妻子正坐在小卖部里聊天,我又出发了。现在,当我一个人的时候,我终于感觉到什么是远或近了,当我走近图片上这个地址时,越来越模糊的墙壁向我敞开着,一片蛾虫正向着墙壁或者有灯光的地方飞翔着,我听见了蛾虫碰撞老墙的声音,我就置身在老墙的暗影之中——在炼象镇，这个夏季蛾虫如此之多，在灯烛之中却变成了僵尸。只有墙壁，哪怕是最为模糊的老墙也存在着，因为今天，总联系着昔日，与旧时的历史相融合的那一刻，也许正是这看不清楚的一片模糊。

一个牧马人和他的马厩
（2002·云龙）

云朵像棉花一样晃荡着。2002年深秋，我来到了云龙。照片上的这位男子抱着马鞍，正站在云朵下面，从表面看上去，他显得随和，似乎可以溶解在任何别人的态度之中。事实上，他固执得很，他从若干年前开始就在他身后的山坡上牧马，这幢房子就是他的马厩，拍摄下这张照片时，他的马群正置身在山坡下的另一道懒洋洋地、悠闲万分地从大自然中吸取灵性、从大自然中寻找到香味的阳光中。当我看见他时，他正坐在马群吃草的坡上，静静地，甚至是目光有些呆滞地望着我们降临。如果没有受到白云像棉花团一样的诱惑，我们可能不会见到在这无垠的山坡上的马群和牧马人。那正是午后的任何一个时刻,我们在云龙上里镇的一座盐乡停留了许久,盐乡充满着一种令人回味的纯色,而当我抬起头来时,正是像棉花般的白云团涌动的时候,无人能够拒绝这种诱惑,即使是一座神秘的盐乡也无法留住我们的足迹。就这样,当云朵像棉花般涌动时,我们几个的身体也顷刻间开始涌动。

从本质上讲,我喜欢置身在事物的涌动之中,很久以前,我面对一口泉眼,那泉眼正缓慢地、悄无声息地涌动,我守候在泉眼的旁边,甚至睡眠也离开了我,那口泉眼影响了我的上半生,我在泉眼的涌动中感悟到了一个人是渺小的,无论这个人是皇帝,还是庶民也好,每个人都是渺小的。

跟随白云的涌动,身体就会沿着盐乡之外的山冈微微地朝前挪动起来。也许,多少年来,我一直频繁地生活在这种现实之中,这种现实给予了我陈述语词之间的颤抖,犹如我在穿越一道栅栏之后回过头去才证实我已经走了很远很远。我们确实走了很远才在朝前眺望的一刹那间,看见了一群枣红色的马群,当我离任何一种牲畜很近的时候,我就会感觉到用不了多长时间,就会看见人。

看见一个人，也是看见人类的一个时刻：那个滇西山冈上的牧马人，戴着一顶布帽，这帽子在滇西流行了多少年，谁也无法计算，总之，从我记事的时候，准确地说从我看见帽子的时刻，我就看见过这样的帽子。滇西的男人女人都戴着这种款式的帽子，也就是说无论是养猪的农民、栽花的农民、堆集草垛的农民、播种的农民……都戴着这种帽子，也就是说，这种帽子已经在我记忆中流行了四十多年。每当戴着这种帽子的男人女人出现在眼前，我就判断出他们来自滇西，他们是土生土长的滇西人，因为他们的帽子无论如何只可能来自滇西。

涌动的白云朵下面，是他的马厩，旁边那间是他的睡房。深秋的山冈，看不见一个盗马贼，也许他的生活远离着盗马贼，也许这山冈上孕育着抵御一切邪恶的魔法，所以，他的马群即使没有他守在身边，也会在太阳落山之前，回到这座孤零零的马厩。秋日的光辉映着这幢看上去快要坍塌的老房子，那些用土墼垒建到顶部的房屋，在他来临之前，曾经荒废了无数年，没有人可以讲得清楚在他之前，土坯屋住着什么人。凡人在地上迁徙的勇气是想象力创造的，任何凡人都有想象神秘事物的权力，在每一种想象诞生之前，他们看上去已经立住了脚，然而，这还不够，就像这个牧马人，他只有在这堵老墙外面，眉宇才会闪烁着欣喜。

褐色老墙之外的一次葬礼
（2001·南华）

在滇西南华的村庄里，在刺目的光线下，我正在心无旁骛地寻找着老墙。这种念头就像所有神秘之境一样首先源自心灵，我着迷于老墙实际上与时间有关系，某个时刻，我把双手放在老墙上，这对诗人的我来说，意味着双手已经从花瓶的裂缝中开始挪动，意味着双手已经从一棵老树的树皮上开始挪动，意味着双手已经从一堆碎瓷片上开始挪动，意味着双手已经从身体上滚动的梦幻中开始挪动……直到我把手放在了墙壁上，在无秩序的时间潮汐中，我突然产生了一种来不及去虚构的旅行。在未虚构之前，我就出发了；在很多年之前，我就出发了。

每年中总有一个时期，我的阴影会挪动在老墙之下。

尽管我的一道阴影取替不了攀缘神秘事物的热情。然而，此刻，在南华乡村的这堵老墙边缘，我的阴影就在旁边，在一道刺目的光线下，老墙呈现出了最古老的时间铭刻，它是雷电闪烁时铭刻在墙壁上的一种语词符号，它意味着睡眠在墙壁上滋生的一道梦境线，它是甘露滑落在尘埃之上的欢呼声，它是被种种现实和梦境所混淆之后的纹路。

而在老墙的另一边，是一个百岁老人的葬礼，就在老墙的另一边，一口棺材合拢了一个百岁老人与世界的密切联系，当我在墙的这一边挪动着阴影时，我可以听见棺材合拢后的声音，那声音太轻了，犹如一片褐色干枯的树叶经历了没完没了的风雨之后返回尘埃。人在离开人世之后，是轻盈的，死者不允许自己的身体变重，死者不允许自己在死后还承担着思想牢狱的沉重。到了熄灭炽热火花的时刻，死者就卸下了生命中全部的负担。棺材合拢了，我在墙的另一边，看见了堆集在死者胸前的符号已经烟消云散，而老墙却留了下来。我后来听死者的孙儿说，这个百岁老人最后的二十多年几乎是倚依着这堵老墙消磨时光的。

也就是说当死者进入年迈的时候，她拄着一根拐杖站在墙壁下，仁慈的目光可以自由地编织着平静而炽热的火花。当一个乡间老人在墙壁下晒太阳时,时光消逝得快还是慢?总之,春夏秋冬老人总是倚依着老墙,既在晒着太阳,也在乘凉。这里产生了一种图像:老人的腰越来越弯曲,身体在逐渐地萎缩,这是中国乡村老人的原始图像。

此刻,在墙的另一边是葬礼,当棺材合拢之后,一个死者再也没有欲望了。我们人类的欲望确实太丰富了,它加剧了生命探索的秘密,宛如在潮湿而葱绿的原野上随季节而诞生的果枝。同时,它又产生了痛苦,而住在这乡村中的老人,在她活了一百多年的现实中,她的欲望很可怜,从这堵老墙上就可以映现出那种欲望的单纯,在任何情况下,她都能证明自己在活着的时候开始的只是播种,而结束的时候得到的只是收获。

寂静中的老墙失去了一个百岁老人倚依的影子,它孤零零地挺立着身躯面对我们,它到底还能存在多久?旁边,一只驴在呼叫着,在那个驴圈中,驴正在啃嚼着青草;旁边,笨拙的水牛已从田野上归来,踩着那种令我们疲惫万分的旋律。乡村在暮色中渐次合拢,就像那个死者进入了冥休状态。而这堵老墙已经太衰老,从墙壁上荡漾的文字就像沙尘暴般带来了一种干燥的旋律。

屋檐、毛主席语录、格子门窗
（1992·鹤庆）

    1992年的滇西鹤庆刚刚从冬眠中醒来。这是一座学校，那些从四面八方涌进这座旧宅中的乡村孩子们已经坐在教室里。而我们在无意识之中已经走进这座旧宅院，扑入眼帘的毛主席语录，像披着时光洗濯的外套，它在时间中已开始变得越来越斑驳。把文字写在墙壁上，是一种特定历史时期的政治运动。我已记不清楚了，只记得我小时候同做农艺师的母亲生活在滇西的一座小镇，在上学去的路上或上学归来的路上，经常会看见有人站在一堵堵刚刚用石灰水刷白的墙壁前，手举着粗大的毛笔往墙壁上写着标语。他们左手端着一只碗，里面盛满了红色的、白色的油料，右手则倾注着无限的感情，转眼之间，墙壁上就写满了毛主席语录。

但那个时期早就已经过去，在我的人生记忆中墙壁上的符号早已斑驳，不剩一点痕迹。但我未料到还是有乡村的墙壁保留下来了，当我把手伸在写着毛主席语录的符号之中时，我还是感觉到了一种斑驳。这就是我们的历史，它总会斑驳的，鸟身体上的羽毛会斑驳，人的记忆会斑驳，何况是墙壁上的文字。因为无论在任何情况下，墙壁都是裸露的，最裸露的地方也就是斑驳得最快的地方。比如我们的脸，因为裸露而产生了纹路，使其丧失了过去的青春；比如，晾晒在阳光下的玉米因为裸露而失去了水分，逐渐地变成颗粒；再比如当人的灵魂开始裸露时，灵魂在风中陈述着，灵魂像是一道墙壁正经历着风雨的毁灭。所以，在乡村的墙壁上，写在墙上的毛主席语录已经开始斑驳了。

在顶部是它的屋檐，我仿佛听见了屋檐水哗啦啦地流动。童年时代我就住在这样的滇西瓦房中，如果在夏夜，我会听见雨水从檐沟流动而滑落在屋檐下的声音；如果在深秋，我会听见秋叶飘零在屋顶上，顺着檐沟瑟瑟抖动的声音……那时候，屋檐下面也是燕子筑巢的地方。此刻，我看见了一只巢，但已经没有燕子了，那只挂在蛛网中的巢，肯定是燕子们的老巢。然而，燕子们已经离去，正像住在这老宅中的旧人已经离去一样。

当格子门窗已经变成腐木时，一种蓝色的阴影却在窗前晃动着，一道又一道的条纹已失去了隐秘的色泽，已失去了工匠们的梦想，我在这幅呈三角形的照片上穿行而去，当太阳消失时，正待我想离开时，孩子们奔涌而出，一个老师站在门口，目送着最后一个学生离开，然后插上了门闩。那个年轻的老师每天面对着这些斑驳，他会害怕吗？我站在门口，再次敲着门，很长时间以后门闩被拉开了，年轻的老师正在做晚餐，一台陈旧的黑白电视机图像十分模糊，年轻的老师在之前正在切着一只紫色的茄子，那茄子的颜色仿佛辉映着整座老宅。我想，如果到了夜间，这茄子色会弥漫着老墙格子门、屋檐……也许这就是墙上的符号斑驳的秘诀，在一块又一块切开的茄子色块中，我看见了年轻老师的世俗生活，一本翻开的汉语词典被风沙沙地吹拂着。

我悄然离开了，远山已变成紫色，屋檐下流动的雨水是晶莹的,毛主席语录被写在墙壁上是亲切的,腐烂的格子门窗是无辜而单纯的,用菜刀把一只茄子分成块状的乡村小学老师的生活是充实的……我们生命中的一切斑驳之声都源自我们的身体,因为身体会变为尘土,所以一切事物都在仿效我们。

褐色的午后生活
（1995·呈贡）

1995年深秋的一个午后，黄金般的飘带把呈贡著名的蔬菜基地笼罩其中。被笼罩的蔬菜有西红柿、茄子、白菜、土豆等。路边到处都堆满了蔬菜，那些随便堆集成山形的西红柿、茄子，远远看去好像在青藏高原随处可见的尼玛堆，有一种神祇的暗示。商人出现了，起初是一个，渐渐地从运货车上走出来一个又一个本地的小商贩和外地的商人，他们联合在一起，要把呈贡的蔬菜运往全国各地。而我在此刻已经拐进了乡村，首先向我扑面而来的是宁静，尽管呈贡早已成为一个国家最为著名的蔬菜基地，然而，乡村始终是宁静的，在高耸着的一棵银杏树瑟瑟作响的树叶之下，我看见了一个老人坐在树下打瞌睡，他已经太老太老，一抹金色仿佛移动着，几秒钟前还笼罩着他的上半身，而此刻已移动到他的下半身，坐在一棵老树下面打瞌睡，不顾忌银杏叶片的瑟瑟震颤，他是否已进入了神仙的状态，或进入了神仙的极乐之中去了。这是午后的生活，是午后被黄金分割出的一种画面。人是什么呢？人凭着睡神而私语的时候就会回到以自我为中心的生活，而当人凭着晴朗的白昼而朝前移动身影时，往往是我们被外在光阴所主宰的时刻，同那个坐在树下的老人相比，我没有进入被睡神所笼罩的时刻，所以我在走，朝着一个豁口走去，或者朝着一堵老墙而去。

一条巷道中的午后生活出现在我眼前：隐隐约约地出现了一个妇人和一条水牛，正在穿过这条巷道。在这一瞬间，幽暗的色泽正浸透进那条水牛的躯体，同时也弥漫在那个妇人的身体之中，这个午后生活的一瞬间，在这里只是一个反复出现的瞬间，因为它就是人们的日常生活而已，值不得喧哗和大声尖叫。所以，渐渐远去的妇女和一头水牛已经走完了这条小巷道。值得一提的是，在乡村，这样的褐色小巷道无以计数，它们用土墙筑起的另一边是家禽在号叫,然而那样一个午后宁静极了,听不见任何家禽的号叫之声。

我嗅见了盐味,在这条小巷深处为什么充满了盐味,而不是烟叶之味呢?我明白了,这正是午后的现实时刻,人们普遍用午餐的时刻弥漫出了盐味。盐很重要吗?盐当然很重要,在这条小巷中竟然也嗅得到弥漫在午餐生活中的大量的盐,说明午后的生活是多么松弛和惬意呀。

走出这幅图片之后,我看见一个妇女正在往墙壁上晾着青菜,这些青菜是为了晾干而制作成腌菜。在云南乡村,厨房中都有几十个腌菜罐,这同样是另一种午后生活。懒洋洋的老墙上晾晒着同样是懒洋洋的青菜,午后是令人松弛的,所以,面对着午后,什么都会发生变幻,也许什么都显得不是很重要,失去和得到一件东西也显得很平常。面对这褐色的午后生活,有一个粪坑散发出臭味,满天飞舞的蝇群环绕着粪坑。每次途经乡村我都知道:粪坑就是乡村的承继者,一代又一代人消失了,粪坑却存在着。在我历经过的云南乡村里,到处都是粪坑,我也不知道要把敞露的粪坑隐蔽起来,还需要多长时间,这就是中国乡村的停滞期。从一口又一口敞露的粪坑旁,我再走到一堵又一堵老墙壁前,时至今日,那些粪坑依然存在,就像那些老墙壁也依然存在一样。油灯已经从乡村消失了,我深信粪坑有一天也会消失,然而,当乡村一旦把粪坑隐蔽起来,乡村是不是已经丧失了某种语言符号。

失散的石磨群体
（2000·云龙）

　　以山冈来圈起县城，小镇的云南高原，我们意识到每次出门都是去访问一座山冈。而在山冈上，牧羊人又让羊群圈起一个圆圈。我们人类是一个巨大的圆圈，圆，即是围在我们身体周围的闪烁着波浪线的完美。谁也没有想到圆就是圈套，所有圈套都在追求完美，一道宽阔的微波只是这圈套之中的开始，当我们看见被圈起的圆圈之中，一群山羊在发生战争时，我用尽了一生来体验这种圆圈之中的战争。我们喜欢任何圆的事物，比如，圆的盐罐、圆的酒缸、圆的烟筒、圆的竹筏、圆的细雨、圆的土豆、圆的字母、圆的筛子、圆的水槽、圆的泉眼、圆的石磨……

然而，我在这堵老墙下却看见了失散的石磨群体，石磨是迷人的，它给乡村带来了旋律，我曾经是乡村生活中的一员，在我出生至15岁的时期，跟随着做农技师的母亲，我有机缘看见了乡村，记忆中的石磨被一个农妇的双手晃动着，或者被一匹毛驴拉着磨，毛驴的命运在乡村是很辛苦的，它几乎要承担乡村最沉重的事物，比如，石头会压在毛驴身上，比如，收获的土豆、玉米会压在驴身上，说不清楚一头毛驴到底有多少力量，它是牲畜中的小个子，然而却耐力无限。很多年前，我跟母亲来到一座乡村，一头毛驴正拉着石磨，而石磨中已经泛起了层层叠叠的玉米，那些新鲜的液体流进缸里，可以烧制最香的玉米饼。而当那头毛驴正拉着石磨时，时间沉静极了，甚至还散发出一种忧伤，只有那头毛驴不倦地消耗着身体的热量，只有那头毛驴正在那阴郁的沉静时刻，反复不休地绕着圆圈。

　　圆圈，给我带来了一次难以忘却的午餐，一块烧玉米饼摊在手掌上。圆圈当然也给我的记忆留下了寂静的声音，因此，我了解的石磨是圆形的，我了解的石磨是乡村生活的基本事物之一，因为任何粮食都要磨细，就像沙子般呈现在眼前。然而，在这堵老墙下面，石磨却解体了。这也不是我幼年时期所看见的石磨，如今，我已无法寻找到石磨的另一半在哪里，乡村用不着石磨了，因为村里已有粉碎机，再也用不着驴转动着古老的石磨，再也用不着乡村妇女坐在石磨上，消耗一头驴和一个乡村妇女的半天时间。

而老墙承载了石磨的孤独，我们所有的生活方式都有解体的时期，在我寻找石磨的另一半时，一个年迈的老人，正坐在石磨上卷着烟叶，他的牙好像只剩下三四颗。当他开口说话时，音质的优美消失了，一种残风中的声音似乎在叙述那些烟叶，似乎在叙述他肩膀下面的石磨。总之，石磨已经在这堵老墙下面解体了，也许粉碎机的轰鸣声进入乡村时，也正是石磨被抛弃的时刻，它们已经移出了堂屋。从前它们要么在堂屋，要么在灶屋，总之，它们都有自己最为显赫的位置，就像一个显赫的帝王生涯一样，它已经结束了自己的事业，所以，石磨解体了，也许我们从未真正地了解过它，然而，它却真正地了解过自己，就像燕子了解过自己筑巢时的全部经历，就像诗人了解孕育诗性时的漫长黑夜，就像牧羊人了解把羊群赶进圆圈时的全部遭遇……孤零零的一个石磨，已经解体了的石磨斜躺在墙壁上，正晒着太阳，它的历史已经结束了。这是它最为轻松的时刻吗？就像一个老迈的人，倚靠着老墙，回忆着往昔，而往昔不过是一种圆圈舞而已，所有的人应该都在圆圈中跳过舞，这就是生活，我之所以访问老墙，就是为了访问生活。

墙上手推车的影子
（1993·泸西）

在启程去泸西之前，我刚把花瓶中的一束玫瑰的残枝抛在楼下的垃圾桶里，而当我回头的那一刹那，竟然看见了那束残枝上最后的一朵玫瑰还在开放着。由于阳光的缘故，在我猛然回头的那一刹那，我看见了残枝的影子，它似乎已经随同垃圾桶进入了一片旷野，那正是一束残枝的归宿之地。而奇迹发生了，就在我回头的那一刹那，我看见了那朵刚才还在开放的红玫瑰却开始凋零，一片花瓣不是凋零在垃圾桶中，而是凋零在地上，那唯一的花瓣的影子使我对事物产生了一种奇妙的向往。汽车就在这一刻启动了，我们将去泸西，哦，泸西，一个陌生的地址，就像一道陌生的影子已经圈住了我。

我们不过是影子而已，尽管我们可以用美妙的乐器演奏时光的生命，在阳光移动之间，我们不过是时光的影子而已。所以，如果让我去追寻一个人，我更愿意追寻这个人的影子，因为在看见一个人的影子之前，我们总是会变得比以往任何时刻都细腻。而当一个人的心智变得细腻起来的时刻，正是这个人的心智具有诗性的时刻已降临。我知道，我奔赴所有的地址都是为了集中起一种诗性，让我站在老墙的影子面前，也许这种现实就是意义。

当墙上手推车的影子跃入眼帘之前，我应该描述一下我进入这座村庄的另一些故事。我用尽了人生中的大部分时间来感受事物和人的故事，因为我着迷于时间的变幻莫测：一个推着手推车的农妇，她正在做母亲的时期，她的手推车上睡着一个婴儿，她肯定是要把孩子带到田间地头去。看上去，那个婴儿还裹在襁褓里，是一个刚出世不久，睁着亮晶晶的双眼准备前来了解人世的姿态，而婴儿的母亲推着手推车，车上除了婴儿之外还有农具、竹箩等等。很显然，婴儿将在手推车上迅速地长大，也可以这样说，手推车就是一个婴儿成长时期的摇篮，因为我又看到了一种现象,时值午后时刻,在田边的小路上搁着一辆手推车,一个孩子就在手推车上很甜蜜地睡着了。

除此之外,手推车更大的存在意义是为了作为载物工具。手推车可以运送猪粪,也可以滚动着土豆和西红柿,然而现实的景状是:我所看见的另外一辆手推车却休息在墙壁上,变成了墙上的一道影子,变成了另一种现实之一,这是为了什么?看上去,它就像一个寿终正寝的老人一样停止了自己生活的一切秩序,它就像散了架的身体般紧贴着这堵老墙在喘息,或者在叙说它完成历史使命之后的孤单。人的孤单是在用尽了自己的魔法时刻之后,结束了被奴役和抵抗的历史时刻之后降临的。手推车的孤单在于失去了车轮的卷动声,那沿着午间小路在泥中向前不顾一切地滑动的使命,换来了有价值的一个又一个时刻,而此刻,它被废除了自己的使命。然而,平静的手推车与这道同样废除了历史的墙壁一样,寻找到了它们同样的本色,一种属于它们自己的色泽,在这个地方,除了孩子们游戏时追逐到墙角下面失声喊叫之外,阳光是慷慨的,它总是在每天的一个时刻照耀着这堵老墙和一道手推车的影子,就像照耀着象牙、鸵鸟一样慷慨无比。因此,有了阳光的轮回照耀,手推车的影子便和墙壁融为了一体。

水井边的世俗生活
（2000·罗茨）

　　每个人出生以后都会接触到水，水即世界之源，也是灵魂之泉。当我在滇西的一座小镇上出生以后便在一个湿润的早晨呼吸到了从水井边弥漫而来的湿气，从此以后，当我可以沿着小路踉跄地行走时，我总是想奔向一个伸手可及的地方，我的行为自然会急坏我的母亲，她总是大声地叫唤道：不能靠近水井，不能到水井边去玩耍……母亲这样一叫喊，我奔跑的脚步就更快了，母亲不得不牵住我的手来到水井边缘，我就是在那样的一个时刻，好像是一个春天的午后，把影子紧贴着滇西小镇的一口水井边缘，水，就那样慢慢地、抒情地往我身体中入侵，直到我身心渗透了甜蜜的、清澈的水。直到母亲松开了手，让我独立地站在水井边缘,让我看到了自己的影子。水井是属于滇西的,在既有山冈也有坝子的滇西,每一户农院里都有一口水井,它就像诗人弥尔顿所感受到的、黑暗中的失乐园一样永恒地存在着。当我站在水井边缘时,从长远来看,像我所预见的一样:一口置身于我们生命中的水井可以使我们的灵魂从不饥渴,因此事情很简单,如果你感受到饥渴时,你就可以把身体够向那口水井。

一个又一个湿润的早晨已经离我远去了,我知道这个世界为何辽阔的奥秘所在时,也正是我畅饮着井中之水,又看见了大海和河流的时刻。无论是水井,还是大海、流水,它们都以永不枯竭的流动,喷溅着汩汩的水流声,当你的生命已经离不开盐味时,你的生命同样也离不开泉水,因为有水的流动,世界就随同水流声开始变得辽阔起来,在一个闷热难耐的夏季,罗茨的一口乡村水井旁边,宛如我已经开始慢慢地接近从我往昔生命中一种纯净的小生命——它们通过井眼在低处的漪涟中静悄悄地、永恒地穿行着。在继之而来的现实中,是一个乡村老人,她正站在水井的不远处,这就是水井边的世俗生活,人们离不开水井,就像人们离不开火焰、盐罐一样。

周围是墙壁的暗影，而且水井也投下了属于自己的暗影。往常，孩子们会趴在水井边缘做游戏，游戏越强烈的时候，也同时反映出了乡村生活的另一侧，一个老人，凝视着水井，正在倦怠地打困，而滔滔不尽的水流滋润着他们的喉咙，这个现实谁也无法改变。

我从开始走路时就把身体朝着滇西小镇的水井边缘挪动，仿佛在朝着一种世俗生活慢慢地跳跃，接触到了水井，我的舌尖和喉咙才开始变得有灵性起来。如今我趴在这口水井边缘，一个人究竟要喝多少水才可能沦为一道水井的影子。有一次旅途，到处是荒漠，我最大的渴望变成了对水的渴望，只有在那一刻，我才感到在那一个个湿润无比的早晨，呼吸到水井中弥漫而来的水雾是如此惬意。

罗茨乡村的一口水井映现出我的影子，远处一个妇人和她的孩子正剥开一个玉米，他们在一堆玉米上，正在用农业世界慢或快的节奏剥着玉米；远处，另一口水井边蹲着一个洗菜的妇女，水浸透了她的手指，也同时浸透了她的蔬菜。我还看见了村外的溪流，由于水质清澈，在阳光下水面上仿佛镀了一层白银，水的流动可以散发出水纹，在这幅图片上，水井和墙壁已经表现出纹路。

竹篱笆墙壁上的肖像
（2000·福贡）

沿着怒江大峡谷，起初我们跟着一只秃鹫，众所周知，看见秃鹫就意味着置身在荒凉地区了。我在读埃米尔·路德维希的《尼罗河传》时，曾经度过了一个最为闷热的季节，那是20世纪末期的最后一个夏季，作者在书中描述了秃鹫："高踞一切的贵族，最大的空中警察是秃鹫，它在沙漠和灌木丛里领导了死的舞蹈。它有沉重的、下垂的头。叉开腿的步态，残忍而洞察一切的目光。没有一个卫生家能够发明一个较好的办法，去阻止在这样的温度下，腐烂尸体上有毒气体的蔓延。但是秃鹫不靠化学或嗅觉做引导，它只是看，以它有力的翅膀，能够很快地飞过长途……"

当秃鹫盘旋起空中的翅膀声时,我想起了伟大的路德维希和他的《尼罗河》,那是一本毫不枯燥的书,关于一条河流传记的书。此刻,只要我们坐下来,我们就有可能引起秃鹫的注意,然而,我们始终在走,沿着荒凉的峡谷,在我们脚下是干枯的草棵以及永远伫立在这里的石头,那些像鹅卵石般圆滑的石头,每一块石头都被晒得滚烫,只要我的手一碰到石头就会升起一股暖流:我们不知道沿着峡谷继续往前走到底能发现些什么,但丁在不朽的女人的引导下,曾经沿着地狱毫不停息地走。我们每个人都在走,在难以目测的距离中发现我们走了很久。然而,秃鹫依然盘旋在我们头顶,此刻,只要我们倒下去,如果身体上有腥味,那么我们就会成为一只饥饿已久的秃鹫的吞噬之物,然而,我们谁都没有倒下去,在荒原上,人们用之不竭的隐喻变成了希冀,我们希望在荒凉的大峡谷能够用眼目测到距离之外的一些奇迹。因为荒凉令人战栗,因为再走不出这片大峡谷,意味着我们就此困在此地,那时候,夜幕很快就会降临,饥饿的秃鹫也许即刻就会撕开我们的身体。

　　无限中的隐喻在眼前出现了,峡谷中突然跃出一座又一座土坯房屋，也许它比隐喻更直接地扑入我们的眼帘，因为人们用之不竭的隐喻只是一种虚幻中的现场而已，而此刻，隐喻中的现场变成了一幢幢镶嵌在峡谷里的房屋。看见了这些用大峡谷的鹅卵石垒起地基的土坯屋，仿佛看见了隐喻中天堂的入口，我的心跳动着，那颗因荒凉已变得战栗不堪的心说明人不可能变成一只秃鹫，终日飞翔在世上最为荒凉的地方，人永远也不可能把自己变成一只在荒凉的怒江大峡谷扇动翅膀的秃鹫。所以，我们走进了出口处，一座鹅卵石铺成的小路就像我们身体中的秘诀那样深藏在一道暮色中，又从身体中裸露而出，一阵狗吠声引来了一个妇女的目光，她有些羞涩地望着我们，把我们引向了她的家，突然，意想不到的一种隐喻出现在眼前：在一道竹篱笆墙壁上贴着毛泽东的肖像，而这个妇女站在一侧，当她用一种和善的目光望着我们时，摄影师摄下了这一刻。我知道世上没有任何一种人们用之不竭的隐喻，像竹篱笆上的隐喻般从我们的内心深处冉冉升起，这个影响了一个国家的伟大人物，在这遥远的怒江大峡谷并没有从时光和岁月中退隐而去，他的形象依然从人们的世俗生活中冉冉升起，这个看得见的隐喻，使我在这座不足十户人家的村庄里，发现了一个秘密，每户人家的竹篱笆墙壁上都贴着毛泽东的肖像，这个现实使怒江大峡谷的小村庄静静地流逝着时间。

时间在此处的休憩状态
（1996·建水）

我们已经在滇南的天空下寻找到了时间的一道道漪涟，在建水的一家小旅馆里，我放下手中的《奥德赛》，荷马的史诗特别适宜带到旅途中阅读。我有一个无法改变的习惯，我着迷于在旅途中阅读诗句，它像隆起在一片莫测距离中的驿站使我迅速地转移在时间递嬗之中。盲诗人荷马短暂的一生消磨在史诗的缔造之中，在旅馆昏黄的一盏白炽灯照耀下，翻开史诗，犹如从夜色深处看见了盲诗人荷马那深陷的一双眼中搜寻着一片混沌中的光和阴影。此刻，在滇南建水的村庄里，我早已合上了诗册。这是四月，诗人艾略特沉溺的四月，占据了诗人艾略特《荒原》中的四月，把丁香的阴影托付在诗人的广阔世界。此刻，我的四月已经降临。

随同一阵缓慢的节奏，我知道，只有天堂的节奏是缓慢的，所有快的节奏都不可能通往天堂。在城市行走时，我总是感受到一切节奏都太快，人们沦入梦魇的节奏太快，人们追寻现实的节奏太快……为什么城里的节奏不可以慢下来呢？因为城里的马路上不可能走着一头黄牛，我想明白了，城里的马路上不可能让牧羊人赶着羊群过马路，一头黄牛也不可能迈着慢的步履，大摇大摆地穿过马路。城市拒绝羊群和牛进入，这就是城市，它正在丧失古老的抒情诗，它正在剥离诗人荷马、诗人李白的隐喻。所以，在一个慢的村庄里，在一个没有约束的地域，一头黄牛可以站在墙壁下面，进入慢的休憩状态之中去。

慢，依附着时间那根颤悠悠的绳索在轻柔地晃荡，在一个慢的村庄里，香味飘荡在嗅觉中，我们的一切嗅觉遵循着弥漫而来的味道。如果当你在一切味道中都能准确无误地判断花儿和牛粪的区别，判断出大米和酒窖的距离在于酿制和晾晒，哦，那么，你就会感受到那样仁慈的时间之谜，无处不在，它伴随着我们。一个无法感受到时间的人，会触摸不到时间的绳索在捆绑我们的同时也在解开我们的身体的奴役；一个在时间光阴中感受不到身体中美妙的痕迹的人，已经在不知不觉间失去了时间。

此刻，眼前的这头牛在休憩状态之中，离我们的视线已经越来越近。在这个小小的世界里，没有快起来的节奏，一切浮光掠影在这里都不存在。一头黄牛的影子使墙壁变得宁静起来了，在滇南，我们看见的不仅是一头站在墙壁下休憩的黄牛，我们也会看见奔驰在田野上的黄牛，当它变得野性起来的时刻，简直就是在寻找竞技场。在这一点上，所有生物都具备了同样的禀性：它们留在传说中的更多是斗技的形象，尔后才是勇敢和悲剧的结局。我曾看见黄牛跟它的同类搏斗时的场景，同人一样，它们想成为获胜者，同人一样它们想成为勇敢者。

它们具有人的另一种禀性，解开盔甲，解开一切沉重不堪的往事，进入一种一无所有的休憩状态之中去。于是，这头老黄牛就这样紧倚着老墙，松懈下来的身体体现了最大的技巧：在暂时失忆中构成一切休憩着的状态。于是，我想起了盲诗人荷马，在他最后生活的城堡和山顶的帐篷里，我们看到了简洁，超越了梦的简洁，才是万物生灵们所追求的境界。

命运交响曲中的音符
（1984·丽江）

1984年的丽江古城尚未被大量的旅行社包围，当时的古城被一面古朴的镜子照耀着，那些商人还没有醒过来利用丽江古城来进行商业活动，而众多的旅行者还没有像蚂蚁迁徙般扑进古城的怀抱。当我看见1984年的丽江古城时，它就像一面明澈的、没有灰尘的镜子照耀着我，众多的土生土长的纳西人就住在古城的小桥流水边，他们保持着纯洁的心灵，像过去的任何纳西人一样在梳子和扇子，纳西古乐和雪山的映衬之中，穿过那些低洼中显得或窄或宽的巷道。当我进入这些巷道时，太阳正编织着四方街上的声音。在我看来，那些声音显示出了音符的甜美。

妇女们比男人显得更为特殊些，也许只有通过纳西妇女那黝黑的面孔，我们才能寻找到敏捷和大胆的想象力，1984年我已经开始沿着云南的灌木地带发现针尖似的不断变换的魔法生活，我进入丽江古城不是偶然的，那个时期我正与丽江古镇的一个纳西青年反复地晤面，我在一座县城会不断地收到这个纳西青年的一封封情书，虽然他后来死了，然而，他却给我带来了古镇的一个个奇异的传说。

首先，他一次又一次地给我讲述他的纳西母亲，每当他讲述的时候，一种奇异的魔术便会在我的眼前闪现，我终于在1984年的春天进入了丽江古镇，比起现在的丽江古镇，我更着迷于1984年的古镇。我看见了青苔，那个纳西青年男子走在我身边，当他把手伸去泉水中捞起青苔时对我说："这就是女人，你就像这些水中的青苔一样狡黠……"

我站在泉水边，青苔环绕着我，也可以说我在环绕着青苔，在明朗的阳光下面，我跟着青苔荡漾的地方往下走去，然而，直到最后我才发现我走了一个圆圈，就在那一刹那，我看见了图像中的这两个纳西妇女，她们就像真正的魔法出现在我眼前：坐在油漆早已斑驳的门口，而她们脚下就是泉水，青苔漂动着，就像她们身体上那些蓝色的纳西族饰带般飘曳。她们已经不年轻，两个人坐在门口，目光却看着两个毫不相同的方向，顷刻间，我就在那些动荡不安的青苔中听见了旋律，那些衡量生命的痕迹的音符缀满了她们的围腰和手上的老年斑。而她们倚依的门上悬挂着腊肉、竹箩、门联……1984年的这幅图像影响过我的诗学世界观，我把手伸到青苔下面，我以为丽江古镇最为著名的是青苔，然而，很少有人看见作为诗人的我所看见的青苔世界。在这幅图像之外是被黄昏的一缕缕柔和的光所笼罩的丽江古镇。从那以后，丽江古镇有了显赫的名声，有了像蚂蚁般疯狂地迁徙而来的旅游者，繁荣的旅游事业给丽江古镇带来了跳跃似的变换，从那以后，我再也没有见到图像上的这两个年迈的纳西妇女。

青苔留了下来，当我往返于丽江古镇时，我知道我所着迷的是泉水中荡漾而下的青苔，每当人们在演奏纳西古乐时，青苔是另一种看不见的音符，我想，正是青苔使得丽江古镇从未丧失过漪涟，一个生活在漪涟中的民族，它可以拥有触及心灵花瓣的符号，就在那里，在这幅1984年拍摄的照片上，青苔的漪涟在两个纳西妇女的身体中荡漾着，使她们聚敛起全部的忧愁，使她们的四肢永远灵巧地穿行在忍耐和缄默中的漪涟之中。

世上最美的斑点
（1982·江川）

当我在一次奔赴黄河源头的路途中发现我搁在火车行李架上的包不翼而飞时，我回忆着那只包，在打翻墨水瓶的刹那间，墨水溅在了一只金色的包上，那时候，我就知道那些墨水汁是永远残留在上面了，无论我用怎样的方式洗濯它，都无法洗干净那些蓝墨水的斑点。那个时期，我的生活有一种重要的现实，那就是每天把钢笔伸进墨水瓶中，直到把钢笔的管道吸满，面对着那支钢笔，我在纸上涂鸦的诗生活也就开始了。

在西去的列车上，我不停地寻找着那只充满墨水汁斑点的包，因为包里有我的笔记本，里面写着十首或十五首关于向往西部的诗歌。然而，我走过了每一节车厢，却再也没有寻找到那只包。当时,我能够感受到我剧烈的心慌意乱,我不断地盯着眼前的每只包,希望看到包上映现出那些蓝颜色的斑点,以至于当我在火车上看见一个女孩身穿蓝色斑点的外衣在行走时,我猛然走上前,抓住了女孩的手臂神经质地问她有没有看见过我的那只包。当女孩用困惑而恼怒的眼光看着我时,我便解释道:我有一只包,上面有蓝色斑点,与你外衣上的斑点很类似,我的那只包丢了。女孩笑了笑,摇摇头从我身边走过去了。

从此以后,我介于那蓝色斑点的永恒的期冀,我不断地回忆着那只包上的斑点的同时,也在回忆着那本失散在火车厢的朝前漂动的笔记本,我早期的诗生活的一瞬间可以在那本笔记本上呈现出来,然而,我却怎么也无法再寻找到那只包上的蓝色斑点。

从此以后,我的回忆中充满了那些蓝色斑点的符号,介于它们的失落或幻觉之中。我的生命中已经充满了各种各样的斑点,比如,墙上的斑点,从生存的空间看出去,我们每个人无疑都会去面对各种各样的斑点。每堵墙上肯定都有斑点,因为介于黑暗和明亮之间,我们的生命总是伸出手去涂鸦着,除此之外,时光的魔法也在悄悄涂鸦着,我们只不过是在涂鸦中存在的一种生命。

1982年的江川,是我少女时代访问的又一个地址。搭上一辆拖拉机,我到了江川,本来是想看星云湖,我对所有湖水的漪涟都感兴趣,也许我们生命中的深渊太多了,所以,我想寻找到在进入深渊之前的漪涟,星云湖有着我想象不到的一道又一道清澈无比的漪涟,我把手伸进一道又一道漪涟之中时,回过头去,我看见了这堵老墙的金色斑点。

这是星云湖边的一座小村庄的一堵老墙壁,从远处看去,仿佛有一片片残花在上面飞舞,介于那些残花和墙壁之间的关系,当我走近墙壁时,我看见了人在出生以后必须面对的斑点。所有斑点似乎都云集在这堵老墙上,而常识却像符号般移动着,它的出现使我显得无比的镇静,我久久地伫立在墙外,比起星云湖中的那些柔软的漪涟来,这堵墙上的金色斑点,残花般浮动的斑点更显现出了我们人生的反复无常。在1982年的那个残夏,一切都被我年轻的心灵刚刚揭开,我并没有感受到在以后的岁月中,还有无以计数的斑点在等待着我。我曾经在这图像中的老墙下面,试图触摸到墙上的残花。然而,它却类似蚂蚁的小洞穴,永久地扰乱了时间的梦境,透过层层叠叠的斑点,我正在探查墙壁那边的世界是什么。

一匹马把我带到了山顶
（2000·云龙）

  最初，我并没有察觉到一匹马就在我影子不远处。那是一个大雾的夏日，雾的浓烈使我看任何地方都像是有幽灵在转动。有时候，我们的影子看上去就似一个司空见惯的幽灵，在无意识中伴随着我们出入于旅途。当时的我，站在一片大雾中，我想返回旅店已经不大可能，而且我不可能在旅店把一个白日消磨干净。越来越浓烈的雾把我包围其中，能见度越来越弱，就在那一刻，在我判断不出应该朝前走还是应该朝后走时，我听见了一阵轻柔的马啸声，在无法看见一个人的大雾中，一匹马离我越来越近，仿佛站在雾中窥视了我很长时间。从这一点来判断，我应该接受这种现实，我应该成为马的朋友。就在这一刻，马开始朝前走，我的脚也开始朝前走。关于马，我有过最为强烈的记忆，在1986年的青海果洛草原上，一个藏族青年扎西在草原上让我首次学会抓住了缰绳。在马背上我的身体被腾空，缰绳被我紧握在手里的那一刻，我仿佛在悬崖上抓住了一根绳索，可以因此不让我的身体落入悬崖之下的绳索，似乎只有让我的手紧紧抓住缰绳，我才可以独立地生活在马背上……

我有许多年没有感受到马的影子了，虽然马作为一种意象经常穿巡在一个陈旧的梦境之中。此刻，我靠近滇西的这匹马，它当然不可能是青海果洛草原上的藏马，我跟在马身后，朝着大雾弥漫的小路走去。我知道，我已经辨认出马儿正在朝着一条越来越宽的小路走去，我深信马儿在寻找属于它生活的一个秘密的入口。

在雾中我感觉到马在上坡，我知道这是马儿秘密入口的开始。每次上坡的时候，我都会感受到越来越亮的光域。然而，这一次不一样，我感觉到了雾在飘动，像大块的乌云一样飘动：所有人都在上坡吗？歌德与浮士德也在上坡吗？浮士德在嘀咕道："由它去吧——跛行、摔倒，又再爬起，翻过筋斗，滚成一团烂泥。"我看见纳博科夫在上坡，他说道："在一次美妙的恐惧的爆发中，在手和膝盖的突然碰撞中，我将到达隧道的遥远尽头，推开它的垫子，看见阳光透过一把威尼斯式靠椅的藤编在嵌花地板上打出网眼，还有两只互相嬉戏的苍蝇交替停留，都在欢迎着我……"

滇西云龙的一匹马儿从大雾中带着我上坡，我在无意识中突然意识到了这是我的又一次诗学行为，它从一个大雾中张开手臂前来欢迎我上坡。于是，我在大雾中看见了石坡路上深深浅浅的马蹄印儿，它就像暗藏在自然中的不为人知的浮雕般掩饰住了一种历史的阶段。我的脚就落在那些马蹄印之间，而当我仰起头来时，山顶的大雾似乎像帷幕般拉开了，我看见了山顶：一座矗立的房屋就像使我陷入了废弃的一座旧城堡之中去，在那一瞬间，无边的宁静归功于一次震撼，我慢慢地向山顶走去，而那匹马儿却突然不再往前走，它就像一座浮雕般安静地垂下头去。

雾已经完全消散了吗？而山顶的那座像古堡似的房屋中到底住着谁？寂静使我看见了微小的自我，每一次在寂静中，我都感觉到自我是如此渺小，比起那些秘密的入口，我像一个紧张的旅客不知道应该回头还是应该朝前。我终于走到了山顶，我还是没有看见一个人。

现实主义时代的补鞋匠
（1984·盐津）

奔赴滇东北的盐津，我被突然抛在一座遥远孤单的山冈上，这不是玩笑，当一辆大型运货车把我抛在山冈上时，司机告诉我说这就是你要到的地方。盐津在山冈上，在起伏平缓中的山冈上出现了一幢幢金色的土坯屋，1984年的春天，我被抛在山冈上时，我环顾着四周，帕斯卡尔说："一座城市、一片郊野，远看就是一座城市和一片郊野，但是随着我们走近它们，它们就是房屋、树木、砖瓦、树叶、小草、蚂蚁、蚂蚁的脚，以至于无穷。这一切都包罗在郊野这个名称里。"

这是一次重大的变迁，一次秘密的游戏变迁，我被货车司机抛在了山顶,这个地域就是滇东北盐津。一次诗歌的旅行,我用手拍了拍身上的灰尘,毫无疑问我已经满身灰尘,只有住在省城昆明的市民知道我到了盐津意味着我到了一个尘埃深埋着土豆的盐津。不错,我开始饥饿了,我最为渴望的食物不是鸡翅膀,不是喷香的鸭腿,而是一个烧熟的土豆。那时候,我包里揣着一本发黄的帕斯卡尔的著作,它是我从县图书馆的书架上寻找到的一本奥秘无穷的书。坐在大卡车上时,我没有翻阅这本书,然而,这本书的语言无处不在:"人只不过是一根苇草,是自然界最脆弱的东西;但他是一根能思想的苇草。用不着整个宇宙都拿起武器来才能毁灭他;一口气、一滴水就足以致他死命了。然而,纵使宇宙毁灭了他,人却仍然要比置他于死命的东西更高贵得多……因而,我们全部的尊严就在于思想……"

在一个火塘边我得到了一个烤熟的土豆,这是盐津的土豆,在1984年的盐津,当地的庶民们基本上把土豆作为最基本的粮食,因此在山冈上一堆又一堆土豆半掩住了人们的世俗生活。此刻,某种图景出现了,我看见了不远处的墙壁上悬挂着一双双鞋子,在那一瞬间,一个补鞋匠和他的生活现实跃入我的眼帘。

在一座低矮的土坯屋中,一个补鞋匠露出了他的半边身体,他所置身的位置就像一个洞穴,阳光慷慨地照着这个洞穴,我感到我已经走近了这个洞穴中,里面有潮湿的味道,补鞋匠和另一个女人生活在一起,他们的孩子正坐在角落里,手里抓住一个烤土豆,用一种孩子才具有的天真望着我的降临。三个人的味道充满在这个房间里,我走出去望着墙壁上的鞋底,每一双鞋底都意味着一个人的存在,从而形成了他们的历史。脚,一双双脚在幻觉中出现了,他们是本地的庶民,以他们生活的姿态把新鞋变成了旧鞋。补鞋匠出现了,他是一个外省人,从遥远的地方来到这片山冈,从事他的补鞋职业,以此养活他的女人和孩子。墙上的一双双鞋底就像那些别的事物一样,经过了生活的苦难,已经变旧。我还看到了一个锅底,像任何世俗风景一样、同鞋子一样悬挂在墙上,已经变黑的锅底。所有这一切都是生活,平静中的,每天在发生的生活。我的脚踝寒冷,在滇东北的盐津,尽管已经到了春天,依然寒意肆虐。

我访问了这堵陈列鞋子的老墙,继而朝着山冈上的那些像太阳般呈现的房屋走去，而当我回头时，整座山冈上似乎都悬挂着鞋底，这个补鞋匠为人们的历史修补好了残破和漏洞，每个人寻找到的生存本领维系了这个世界的秩序。而我正在往前走去。

被时间遗忘的地址
（2000·云龙）

    我们之所以学会了遗忘，是因为在遗忘之前我们已经学会了迁徙。当我紧贴着母亲的影子，同时也紧贴着一辆小马车的影子，在20世纪的60年代末期，我们总是不停地迁徙，我回过头去，一座又一座屋宇，无论它新与旧，在我回过头去的那一刹那，突然渐次变为了杏仁色的一片雾，从我身体之后消失了。所以我理解了2000年秋日的这次旅途，我似乎扑进了一片伸手可及的地方。然而，看上去那是一座屋宇，我甚至看见了闪耀在一片灰蒙蒙的小路上的一个陶罐……因此，我忘情地加快了脚步。我并非像以往一样追赶一只蝴蝶，我对云南蝴蝶群族的迷恋源自我日常生活中一种倦怠的诗性生活，我向来是一个毫不务实的女人，直到有一天我在一片凉爽的森林中迷路，一群彩色的蝴蝶飞舞着，仿佛飞扑进一顶黑色斗篷里去，我就是在那一刻，跟随着蝴蝶的索引，就像在一片阴森的母语中慢慢跳跃在一条可以预见未来的小路上。我跟随着蝶翼走出了森林，尔后，我看见了十分罕见的蝴蝶标本，同时也看见了蝴蝶们繁殖生命的现场：大理苍山的顶峰。

一个黑漆漆的陶罐为什么变黑了？为什么被抛在路边？我想起了遗忘这个词汇，在继之而来的前行中，一座颓丧的房屋仿佛身披一件令我们迷惑的历尽沧桑的褐色斗篷跃入眼睑，在我们的一生中眼睑到底要收藏多少明快的色彩，它们给予了我们伸手可触的战栗，比如，花瓶，我喜欢花瓶，因为我喜欢玫瑰，透过花瓶中任何一朵玫瑰，我的眼睑都会收藏好沉睡而怒放的时刻。除此之外，我们的眼睑更多时刻收藏的将是阴郁的碎片，当我感觉到眼前的这座颓丧的屋顶上的瓦砾在微风中发出危险的呼啸之声时，我想起了英国小说《呼啸山庄》中的阴郁。当我沉溺在其中时，《呼啸山庄》放在我膝头，每当我听见呼啸而来的碎片时，我的双膝就会颤抖。透过《呼啸山庄》，透过艾米莉·勃兰特的声音，我感受到了时间对我们肉体和心灵的伤害。而此刻，我感觉到瓦砾似乎要呼啸而下，就在这一刻，突然起风了，这是秋风，这是夏花结束了灿烂之后降临的第一场秋风，我站在屋顶之下，我不知道，在这之前，是什么人住在这座房子里，又是什么人抛弃了这座房屋？

谜，是碎片，是呼啸而来的令我们迷惑不解的恐惧，而解谜的过程就是最危险的过程。我听见了草丛中一些昆虫在静静交配的声音，在自然的生态中，万物各得其所，它们总会寻找到身体的快感，并在获得快感之后像人类所预见的一样，进行着生命中周而复始的游戏过程。眼前是这样一种现状：一片瓦砾在秋风中已经慢慢地向下滑动，整座屋顶的瓦砾看上去或者从它们的呼啸声中似乎都在滑动。终于，我听见了几片瓦砾滑下来的声音，听上去有点像弓与弦互相跳跃的过程，看上去却是一种危机四伏的呼啸。

谁，把这座房屋抛在了他们的身后，是谁心甘情愿地遗忘了这个路边的陶罐，又是谁的岁月涂改了陶罐的本色。在我看来，这个陶罐应该是红色的，应该是墨绿色的，然而眼下的陶罐却变成了黑色。所有这一切都跟遗忘有牵连，曾经生活在这座房屋中的人们已经迁徙了,而瓦砾的呼啸之声像是触痛了我的灵魂,我必须学会继续遗忘。

我看见了陶罐中的盐
（1981·曲靖）

在遥远的乡村我曾经看见过这样一幅画面，后来我把它写进了诗歌："撒盐者也有合上眼睛睡觉的时候，此刻，他胸前的盐罐就像一只蜜罐般甜而不腻；他胸前的盐罐使我既拥有了白鹭划过湖面时的恬静，也拥有了蜜蜂蜇人时的快感。"我拥在胸前的第一个陶罐，是母亲用来装盐的罐子，那个没有任何名气的罐子，出自一家乡村陶罐厂，在那个小镇，所有人家都用类似的陶罐盛盐，当母亲把从盐店买回的一小包盐往陶罐中倒的时候，我听见了沙沙沙的声响，我趴在旁边的灶台前，盐罐中的盐太像糖了，我抱着陶罐趁母亲离开的空隙想藏进往日捉迷藏的地方。一个破损的衣柜一侧，那个地方的暗影可以极好地藏住我的影子。我紧紧地用小小的胸怀贴紧那个陶罐，在我看来，我一定获得了一个像蜜一样甜的陶罐，要知道我的味觉是多么饥渴呀，在那样一个时代，如果能用舌尖触碰一下甜的味道，那一定是一种神圣的感觉。当我小心翼翼地用手把一小粒白色的盐放进嘴里开始吮吸时，我那个关于甜蜜的梦幻顷刻间破碎了，即刻间就瓦解了。

而那个陶罐并没有迅速地从我怀中脱离出去，我紧拥着那个陶罐，像是品尝盐的另一种滋味，直至那种味道抵达我的成长时代，我才发现，我的生活中再也无法离开盐。从那以后，那个盐罐就放在了非常醒目的地方：世上最朴素的事物之一就是胸前的盐罐／更多的人抛弃了盐罐，我理解这种宿命／因为更多的人在盐罐中品尝不到波浪／来临时的幸福，那种缓慢来临时的幸福需要与一个盐罐长久地厮守……

云南曲靖的村庄里，我今天看见的一个陶罐中无疑有着盐的味道，为了证实这个现实，在我离它越来越近的路上，我走进了一家农舍，那是一个家庭正在开始午餐生活的时刻，在露天的石桌上我看见了陶瓷碗中的土豆，它保持着完整的形象，而在石桌中央，我看见了一个醒目的罐子，尔后我看见了盐在罐中翻滚，事实上罐中的盐怎么可能会翻滚呢？那只是诗人眼中的白色浪花而已。坐在这张石桌前，我加入了他们的午餐，把盐撒在土豆上——一种朴素到像真理一样的现状，使我品尝到了陶罐中的盐。

撒盐的时候，我异常幸福，因为我知道：只有把盐撒在水缸中的人，才会把盐撒进／铁锅中去；只有把盐撒在伤口上的人，才会把盐／撒进笑眯眯的风景中去；只有把盐撒在红旗下的人／才会把盐撒在失败的箭镞中，然后倒下去……

尔后，我离那个放在墙壁边的陶罐已经越来越近时，从我眼前飞逝而过的一根绳子，是村庄中的妇女们拴在木柱上的晾衣绳，一个穿着红袄的年轻妇女，正站在绳子边晾衣服，她充满生机蓬勃的姿态和年轻的洋溢在体外的情欲。我想象着撒盐的时光，当人们成年累月地撒盐时，世界和万物一样也在乐此不疲地交配、繁衍着生命。

我已经把手伸进了这个陶罐深处去，这是一个解谜的时刻，宛如夜的潮水涌湿了我的身体：用盐搅拌着玉米咽下，这竟然是我一生中／坐在黄昏把一路上的辙印彻底抹去和遗忘的时刻／人如陷进玉米粒中去,你会把头和身体也埋进去／人如陷进盐罐中拔不出身,你就会听见瑟瑟响动的风声。

白夜的旅行
（1986·宾川）

　　以可能的方式从清晨开始出发，直到历经了遥远的幽会之所，寻找到了一个同盟者，我才理解了什么是真正的出发：在雾中我把我变幻成了一个故事，按照故事的发展时态，应该使用言词。毫无疑问，途经了人世的许多地方，我才渐渐地清楚了与言词发生关系的是灵魂。而与灵魂面对面地碰撞的也许是天气，当我们走尽树荫和坑洼中的泥路，天气影响了溪流的颜色，因为流水就在身边，它也许可以把我们的箱子浮在中央，也许可以帮助我们追逐水面上滑动的鸭子。晶莹，是我在看见灵魂时喜欢触摸的一个并不强烈却寂静的词汇，它仿佛为我们打开了灵魂的大门，象牙般的晶莹，玻璃杯中水的晶莹。一棵橙树的晶莹影响了灵魂的波动，那水一般晶莹的波动……给灵魂带来机遇的是出发，当我戴着那顶小圆黑帽，从1986年开始我就喜欢戴那种款式的帽子，当天气或湿润或干燥地影响了出发的时间，我们已经在路上了。一个魔法师站在路中央，变换着羽毛，刹那间几根羽毛突然变幻出一只白鹤。那是最冷的季节，一个南方的魔法师依然在变幻着别的魔法，一片树叶变成了诱人的石榴，那可以剥开看见粉红色籽粒的石榴呀，在我最年轻的时候使我发现了一旦你走在路上，就可以产生一切变幻的力量。

一个南方的魔法师对着我诡秘地微笑着，他的魔术让我产生了一种奇异的脚步声，1986年我在房屋周围游荡，冒充一个虚弱的幽灵……遵循从白夜而出发的旅行原则，于是，我来到了滇西的宾川。

干燥滚烫的一阵阵热风挟裹着我足踝间的节奏，使我扑进了村庄。介于城市和村庄之间的灵魂，世上最大的魔法存在于我们的眼睛与距离之间，我走在这幅图片中央，那幽暗的光在我身体中周转不息。以目测的方式我在以后的岁月里发现了这幅图片在我的眼睛中隐藏了一个最大的秘密：横穿一切幽暗之光的不是勇气，而是诗性。宾川，只是农业王国中一个奇异的生产着蔬菜的地方，瓜果熟得就像梦境般快速，那个年代，我所生活的县城与宾川是邻邦，我每次到省城都要经过宾川。

又一个南方魔术师出现了，在燥热的村庄里，他以手中的一只浑圆的竹筒滚动的声响吸引了许多旁观者，我站在观众之中，不住地看着那只圆筒在急促地滚动，它最后变幻出了一只金黄色的玉米，这就是我在一个白夜旅行的故事。

某种异想天开的激情总是清晰而朦胧地与我的灵魂相遇。置身在宾川的一座村庄里，我希望被奴役，成为被幽暗之光所奴役的任何一种囚徒，以一种无法脱身的方式在散发着玉米、土豆、焰火、石榴、橙子的气味中，把我的生命融入另一种魔法时刻，就像在吹奏笛子时变幻出了在白夜旅行时的监禁期。不错，我是如此渴望成为这幽暗之所中的一个囚徒，被时光奴役着足踝，被含糊的言辞束缚着幻想。

当我知道我不过是一个匆匆过客时，我知道看见尽头一道敞开的门，我将摘到一个门口石榴树上鲜红的石榴。这是一种机缘，我的灵魂时时刻刻都在与这种机缘相遇，就像每一次出发都会与一个南方的魔法师相遇一样。

秋叶之静美
（2000·建水）

当一个人感受到秋叶时，我们已经讲了许多故事，我浮想着一个夏花灿烂的时刻，也正是我父亲去世的时刻，父亲，他用一种特殊的情感沉溺于报纸的阅读，那只是他休闲时光的一瞬间，更多时候，父亲都骑着一辆自行车，从20世纪70年代开始父亲就骑着一辆自行车。父亲还着迷于晨跑，他的这种习惯最后遗传给了我。而当父亲过世的时刻，正是我的气质和性情最为灿烂的年代。父亲过世时才59岁，而我那一年25岁。父亲合上了双眼，我却轻抚着他一生唯一喜欢的乐器口琴，那个夏夜我感觉到雨溅湿了我的面颊和衣襟，那个夏夜我们让父亲合上了眼睑，第二天凌晨把父亲装进了棺材。

秋叶覆盖着父亲的墓地，那是一大片集体式的公墓，只有在墓地上我才会感觉到那个秋天提早降临了，第一次我们将父亲埋在泥土中时，夏日正在悄然地结束，起伏的森林中突然扬起一阵微风，携带着一切秋日的权利——夏花结束了往日的灿烂，一片树叶、两片树叶、三片树叶就在那一刹那开始改变色泽，我透过一片逐渐变干的树叶，感觉到了我的心在忧伤地呼啸。而当我第二次独自一人来到父亲的墓地时，秋叶凋零完了最后一片树叶，静静地覆盖在一大片集体式的公墓上。死亡是强大的，我们害怕死，我们每个人都要经历死者的肃静和死者的逃逸，而我坐在覆盖着秋叶的墓地上，从那一刻开始我就知道了我的存在与父亲的死亡有着惊人的巧合：毫无疑问，我们都在温柔地、入迷地被幸福笼罩着。父亲寻找到了死亡的幸福，而我则寻找到了看见一个烟雾缭绕的祭坛之后为此活下去的幸福。我离开了墓地，我不再恐惧死亡了，也不再害怕生的虚无了。我意识到，父亲的口琴会陪伴着我，那些缓缓地从口琴边飘过来的音符使我凑近一块又一块幕布：我和我的妹妹曾经穿越过漫长的黄河流域，我曾经在狂热的舞台上寻找到我的同盟,我曾经在沉闷而令人晕眩的时刻恋爱过一个又一个男人,我曾经把自己的黑影投入到一次旅行之中,讲述了我所看见的羚羊和我在同一时刻被一片辽阔地域所缩小……这就是生命,生命是什么,在我经历了一系列的庸俗和虚荣之后,我才感觉到了捧住一个泥制作的罐子,就是捧住了一颗晶莹的心和捧住了半透明的梦想。

2000年的秋叶翩然飘动时,我来到了建水。通过从城里一次次走到城外去,我领悟到了距离那精巧无比的会合之处,所以,在这幅图像中我看到了被一座墙壁衬托出的肖像,这个建水小镇的老人,看见她的那一刹那,我的温情,我的音符,我的含糊,我的脾气,我的遗忘,我的失恋,我的秘密都在馈赠给我一种秋天的宁静。这个妇女带着她深邃的目光,不知道为什么,她的目光让我想起了涉及光与影的时刻,宛如在酸橙树与枫树之间突然间一跃而出的一条小径。博尔赫斯着迷于小径,那些交叉花园的小径,而我则着迷于透过一个颤抖的皱褶闪现在眼前的在身体旁边的另一条小径。秋叶的静美,使我有意识地收藏好了一片树叶和一个果实,在我的眼前出现的这个老人,像是我生命背景中的一个神话，最美的神话也许充斥着萧瑟与叹息，还有一道道皱褶，然而，它却会让我珍藏一次秋日的仪式。

说吧,亲爱的井栏和石头
(1982·大理)

我挣脱梦境的方式是回到现实中来,我们被暴露在现实的阳光和阴影之中时,我们又开始了旅途中的生活。旅途通常会带来一次又一次热烈和冰冷的震撼,这就是为什么我会搭上一辆拖拉机朝着大理缓慢地奔驰而去的原因。1982年,到处都是拖拉机的影子,拖拉机在轰鸣时,我已经开始在笔记本上写诗,诗,一种用句子缀合的旋律,使我把右手伸出去挡住了一辆红色的拖拉机,这就是旅行,就像一只耳朵和一根手指带来了双重现实,既可以用耳朵倾诉,也可以用手触摸。

不仅仅一只耳朵在倾听,两只耳朵都在倾听,坐在红色的拖拉机上,两只耳朵所倾听到的是被黝黑的时光之镜所折射出的光焰，它把我生命中携带的一部分阴郁贯穿到一组插曲之中去。我坐在拖拉机上不停地倾听着轰鸣，也在不停地倾听着距离的轮子发出一种细微的胶味。而我的一个手指，加上另一个手指足可以触摸到呼呼旋转中的插曲声，除了我父亲和母亲给了我生命之中的一首首插曲，巨大的被光阴旋转的插曲来源于从拖拉机的轰鸣声中开始的小小旅途，直到后来我知道了旅途是漫长的。

目的地大理，使我的心脏难以言喻地跳动着，我早就想到大理了，我想象大理的四周，飞着蝶翼的透明幻觉，那些一只只可以弯曲到圆形又可以用半圆形的飞翔姿态解释生命的蝴蝶群体，在暝色中游动着。蝴蝶意味着大理，意味着大理的一道道纯净曲线。

然而拖拉机还尚未到达目的地大理就开始出现了故障，在我近乎幻觉状态中的拖拉机。红色的拖拉机把我抛在了山腰，小小的故障突然失去了红色拖拉机的轰鸣之声，这个问题不是我可以解决的，所以我离开了，不远处，是一座村庄，在进入村庄之前，我好像就已经看见了那蜜一样甜的水井和水井周围镶嵌的石头。

说吧，井栏式石头，正像纳博科夫在《说吧，记忆》

中所言说的那样："在意识最高的高台上,道德才有机会望过它本身的界限,从桅杆上,从往昔和它城堡的塔楼之上。而尽管透过雾障看不见什么,多少会有一种极乐之感,即一个人正在眺望着正确的方向。"

在村庄的内部,不知道有多少眼这样的水井,人们靠它来取水,水也许是我们的生命中美好的重建的意味,反复赞美的诗。没有水,我们的生命不知道会不会因干渴而掩饰不住对人类苦难的忍耐力,只有饮够生命需要的足够的水,那些吟咏诗的人才会朗朗上口,那些饱经风霜的人才会显示出一堆褐色的古物,它们也许是一架风琴,也许是一个火炉。

石头盘绕着墙壁,映衬着这口水井,不断地有人到井里来取水,不断的有人干渴。有人已经湿润了喉咙,有人已经准备好了嗓音,献给那个倾听者。我喝了一口井里的水,蜜一般甜,使我的生命经受住了一次质疑:整个村庄充满了这样的水井,我决定把我的人生故事坠入水井的低处——没有窘迫我就沉入了井底,只有了解井底的秘密,我们才会轻盈地摆脱人生的负担,那不堪重压的负担,仁慈地帮助我们把钥匙插入孔道,把我们引向一个明澈的交界处。

宇宙间黑色的解谜方式
（1998·禄丰）

　　以一种令人心悸的心跳出现在我眼前的不是轻柔的影子，也不是狂奔的影子，而是幽暗的辙印。1998年深秋，当我嘴角上出现一丝微弱的光彩时，我的意志动摇了。我彻底地从一个男人手中抽出我的右手，我知道我再一次失去了那笑声，那闪烁在忧郁的迷醉中的亲密关系。不过，我已经灵巧地感觉到除了告别之外，有什么场景在迎接着我。

　　仿佛经历了一场折断树枝般的恋情，我拐进禄丰县城边上的一个村庄。许多年来，除了城市之外，我总是往城市边缘跑，我心灵中激荡的边缘，是沿着木栅栏向前绵延的一种生活方式。我喜欢木栅栏，它斜倚在山坡上呈现出弯曲、弧形、绵长的形态，在木栅栏筑起的任何一条小径中都可以通往村庄，我在路边下了车，我没有直抵村庄的中央，而是在一个悠闲的半圆中发现了从村庄上方升起的一种幽淡的炊烟，它类似我的诗：在黑色树枝上可以看见红色的石榴，这就是我诗歌中永久的意象。置身在此处，我看见一个孩子躺在一个草垛上并没有做游戏，而是在午睡，双手交叠在胸前抵挡着秋日的阳光和风。一个五岁到六岁的女孩，如此悠闲地沉入午后的梦乡，在这里，在这个女孩所筑起的睡梦之中，我想起了那曾经使我心烦意乱的关系：从我记事时就意味着作为一个人，我已经进入了一扇门又一扇门，一种神秘莫测的目光望着我，用心灵彼此搏斗的目光使我悬在树枝上，所以我看见了诗歌的意境。

我坐在草垛前，午睡是多么宁静啊，如果我能够像小女孩一样毫无掩挡地伸进草垛有一次特别的午睡……然而，生活中有更多的谜吸引着我，一座拱门出现在眼前，光是神秘的翅膀，它用我们人类难以想象或驾驭的速度飞行着，拱门在如此小的区域占据了人们世俗生活的中央，从这道泥土建筑的拱门中，我们可以透过光影看出去，我可以看见人守候在拱门下面的光焰中，有男人、女人、孩子。而你，作为读者的你能看见什么呢？作为读者的你一定是我书中的密友之一，在那样折叠起来的窗格之中，我们彼此能感受到某些词语，哪怕它已经颠倒了时光，它仍然清晰如风和流水的起源——因为筑起在我们面前的时光是可以倒叙的，它就是人类纯粹的想象力。

透过这幅图片，你尽可以看见我置身在这道黝黑的红土筑起的拱门之下，我把柔顺的手伸进了拱门的暗影之中，仿佛在那一团逐渐枯萎的丝带之中了解一个历尽了时间，花费了漫长的时间用来证实自己存在的拱门。半圆形的拱门，出自哪个泥瓦匠人的想象力，出自一个村庄的叙事风格，出自——忍受了一次又一次时光摧残的故事，如今，在拱门的映衬下，那些故事仍在绵延向前，或导致了那些讲述故事的人，后来也变成了拱门的另一部分——一种古老的纹路必须展现出来。

此刻，我就站在这座拱门之下，用湿润的目光回首着我的辙印，我看见在我留下小小辙印的地方是一头水牛走来的路径；而在我朝前伸入的拱门之下，是我所触摸到的小黑点和明快的斑点，此刻我需要遗忘紫罗兰的一系列色块，我遗忘了玫瑰，我只是走在这道拱门下面的一个幽灵而已。

窥视生活
（1988·洱源）

"我重新陷入了我隐秘的迷雾之中，而当我再次伸出头来，支撑我伸开的躯体的已经成了花园中一张低矮的长凳，而我的手垂在其中的那些活的阴影，此刻在地面上移动……"纳博科夫回首童年生活时，让我看见了一次窥视行动。窥，像是在心慌意乱之中开始抵达不被我们所了解的迷径，它包含着一种触手可及的危险，它像一首震颤的交响音乐，由不同程度的低或高的旋律去追寻我们灵魂中的那只飞蛾。

我试图站在一团光焰中捕捉夜色中的一个影子，那是一次窥的冒险。那时我才6岁，我看见的一道影子其实不是人影，而是狐狸的影子。很多人把我窗外的那棵石榴树比喻为狐狸，因为每当石榴树怒放时，它就变得无比娇野，有人赋予了它一个美称：像一只狐狸般散发出诱人的狡黠。我每夜总会推开窗户，站在一角窥视着那棵树，在夜色中看上去，它确实具有一种狐狸般的美，一种我无法看见，仅靠想象来猜测的美。窥，使我看见了夜风中动荡不安的石榴树身，同时也看见了绽放的红色花蕾。

窥，那其实是一种非常个人化的好奇而痛苦的调剂，我们的窥生活大都开始于童年，从童年开始，我们就会站在一个令人心颤的角度，就像一只幼小的狐狸在可能的情况下训练自己狡黠的能力。我们之所以在面对一个隐秘的圈套时，保持着自己颇具魅力的姿态，是因为我们已经历尽了窥的过程，它可以培养我们的幻想和判断能力。透过一次次窥的生活，我们一次次地隐藏住了自我，而我们在一次次暴露出来的一系列世界的问题面前，却开始成长着。

1988年，在滇西的路上，我又一次到洱源。一个生活在幕布上的幼小的孩子，站在门口，在无意之中朝外窥的一瞬间，我也站在另一道的墙壁下面偷窥着女孩。在村庄的最上端，矗立着一座孤零的土坯屋，我们之所以没有失去负载秘密的一切权利，是因为我们可以窥，也可以隐藏住窥生活。眼前的女孩子朝下望去,她看得到的是在山坡上矗立的另一些土坯屋,她窥到的无非是窗棂的影子,晾在竹竿上的衣服的暗影;她还可以窥到山坡上一匹吃草的马的影子,这是平静的窥,从我这个角度看过去,她没有震颤,她只不过可以习以为常地面对她幼年的生活。

时光滑入我胸前的是石榴,如果此刻有一个石榴,我一定会悄然地把它放在山坡上,让女孩窥视到那鲜红的石榴,那可以慰藉她想象力的石榴。而此刻,女孩子已经迷失在她的窥生活中,她从门槛中走出来,她会到哪里去?我不想让我的窥生活仅仅停留在女孩身上,我不想惊扰女孩的现实。

这幅图像永久地停留下来了,我看上了更多的窥生活场景:它们在夜色中朝前移动着,我就在移动之中,看见了一只手电筒,乡村特殊的照明工具。沿着弯曲的乡间小路,手电筒产生了某种推动力,我感觉到的是一个男子的脚步声,不仅脚在奔跑着,仿佛手电筒也在奔跑……在那些谣传中,我听见了手电筒和一个男人的故事,男子在半夜潜进了一片夹竹桃叶的庭院中,寻找到了一个寡妇……这个谣传与窥有密切的关系。

看半透红的绯红天空
（1997·德钦）

　　云南德钦始终显露出的崎岖的红色道路吸引着我。不过，在意识的深处，它太遥远了，当我躲藏在小屋中把凝固在我血液中的一个又一个难解的谜团稀释开来时，水在沸腾着，1997年我依然习惯用一种古老的旧式铜壶烧水，这是我生命中一种渴望沸腾的现象。当水沸腾开来时，那是一个午后，我只做了一次小小的休憩，就梦见了德钦：巨大的幼虫飞满了我的视野，它是一些长翅膀的昆虫，比如蝴蝶、飞蛾。然而在一片荒原之顶上，我看见了一座明亮的峡谷之城堡，它就是德钦。于是，从一朵花冠的怒放中，我寻找到了1997年9月的德钦这座叫阿墩子的小镇，我看见了赤裸如晴朗的手臂，它牵制着我的目光，在澜沧江的一座藏族村庄里，我看见了这座藏式民居的外貌。当我们过分炫耀地把生命分成过去和现在时，同时也在伸出手去期待着牵着未来。当我在澜沧江边的藏族村庄里朝前走时，我知道，我害怕过语词，因为语词像我描述了沼泽，同时也会让我陷入沼泽；因为语词之乡充满了不可思议的移情，它们会周而复始地带我在品尝着蜂蜜的时候同时品尝着橙汁；因为语词就像是一个私奔者引领我看见了不可超越的遥远；因为语词占据了降落在我心腹中的、无人可以终止的一场十分漫长的游戏。而此刻，我看上去似乎又开始沉湎于一场语词的被围困之中了。在这样的旅行里，我看见了那些倾斜而上的色彩，红、蓝、黄、白交织在墙壁上，它引领我朝里面走去。

九月的云层晴朗无比，这是整个德钦最好的季节，我慢慢地感受到了空气中一种仁慈的气息，它符合一种隐秘的、赤褐色的意境，当我置身在图片中的这座休憩所，它是藏式民居的内部，在门上贴着正被藏民们所接受的门联，这种伪造的门联贴满了一个国家的门帘上，就像魔法遍地开放一样。当我仰起头来时，我就是在那一刻，领会到了掠过我生命中的、正在潜行飞过的符号王国：缓慢的时间在这座藏式建筑的顶部，交织在奇异的像花冠中央的上方，在这里，我们仰起头可以跟晴朗的天空交流感情。这就是符号王国，每个人都可以建立一个属于自己的符号王国，每个人都可以在这个符号王国中经受住时间的磨炼。

我想起了乌托邦的谜团，想起了我身穿开裆裤的三岁或四岁，那时候的我，跟跄着，从缩短了尺寸的小路上——我拾到了一根羽毛，我下意识地开始抬起头来。在那一瞬间，我已经开始向往人类建立的那个乌托邦世界，凭着一根羽毛，我寻找到了一只鸟；凭着手中的一根羽毛，我寻找到了堆集在身体上的一团暗影。在云南德钦的民居里，墙壁都由褐色的木头制成，我所持的一种魔法就像激起了一种晴朗的痉挛，而在我旁边，沸腾着雪白的马奶茶，我听着那沸腾之声……

在沸腾这个词汇里，我看见了绯红的屋顶，这也许就是巨大的乌托邦世界。1997年9月，我遵守藏民的习俗，在这里度过了生命中最为明朗的日子，如今我又通过这图像的风景想起了它，在沸腾的意境里，在以后的岁月里，投映在我眼前的是那片屋顶的绯红天空,它以一种并不是纯粹梦幻的力量经常把我从梦中唤醒,而当我一旦抬起头来,恰如在某种温柔的极致之中产生了灵泉。

孔雀之乡的语言
（1982·西双版纳）

将生命过渡到西双版纳的密林中时，正是我感到无助的痛苦在汹涌激荡的时刻。1982年，我已经不记得在一个鸟鸣的早晨，我已经获得了一种离家出走的机缘：有着谜一般微笑的永胜县城开始进入了潮湿的雨季，整座小县城仿佛蒙上了面纱。这正是我出走的时刻，因为在这样的季节中最为慵倦的时刻已到来，每个人都慵倦地、温顺而柔和地生活着，没有人会关心你会到哪里去。我朝着那个时期最葱绿的地域开始出发。也许在那样一个时期，当我松开了另一个人的手，给予我青春期想象和心跳的接触的男子的双手，当我送走他以后，我和他的生活就已经结束了。

所以，当我在葱绿的西双版纳寻找到植物园中的孔雀时，我还没有寻找到史蒂文斯的诗。一只孔雀在我身边缓步地行走，优雅中包含着浓郁的梦境。孔雀在行走，而我在旅途上，在孔雀的一次开屏中，我已经坐在西双版纳的植物园中寻找着读史蒂文斯诗歌的那个时刻："孔雀尾翎的颜色／像树叶一样／在风中旋转／在黄昏的风中。它们飞进屋里，就像从毒芹的枝头／飞落到地上／我听见那些孔雀在啼叫／那是对黄昏的啼叫／还是对树叶的啼叫／在风中旋转／像是在火中旋转的火焰旋转／像孔雀的尾巴旋转／像在响亮的火中旋转响亮的毒芹／充满了孔雀的啼叫／那会不会是对毒芹的啼叫／窗外，我看到群星汇集／像风中／旋转的树叶／我看着夜晚走来／迈步走来，像毒芹的颜色／我感到恐惧／想起了孔雀的啼叫。"

在孔雀的开屏中，我看到了所有有密集图案的西双版纳的文字，神秘的傣语是另一种符号，它升起在孔雀美丽的尖叫之声中。站在傣语面前的这个男人，同西双版纳的许多男人一样，呈现出黝亮的肤色，他们属于一个"孔雀尖叫"的世界，他们在自己的语词中了解了"孔雀的尖叫"。

葱绿的西双版纳渐渐地昭然可见：一只孔雀站在一个苔藓密布的天地，诗人史蒂文斯看见的那只孔雀是不是我今天在西双版纳看见的这只孔雀？答案是否定的。在这种否定里，我注意到了一个现实，一只受伤的孔雀站在一个孤零零的地方，一小片阳光中，它好像不是为了尖叫而存在，孔雀的身心仿佛经历了难解的悲伤。孔雀园中的工作人员告诉我说，半个多月前这只孔雀的伴侣死去了，死在一团毛茸茸的羽毛下面，因为从一开始，这只孔雀就在不停地用身体的震颤——开始脱落羽毛，孔雀那华丽的羽毛竟然在短促的几天时间里迅速地脱落，然后孔雀就躺在它自己柔软的羽毛中死去了。在西双版纳的那些傣语符号中，可以看见一只孔雀的死去吗？

我听见了诗人史蒂文斯在说话："夜晚，在火旁／灌木的颜色／落叶的颜色／重复再现／在屋内旋转／像树叶自己／在风中旋转／但毒芹的颜色／迈步而来／我想起了孔雀的啼叫。"

映现在眼前的傣语，也是一只孔雀的语言符号吗？1982年，沿着潮湿而葱绿的西双版纳地区，我看见了那只死去的孔雀，同时也看见了那只孤零零的孔雀，这才是一个葱绿而难解的悲伤之谜。我独自一个人的旅行在一只孔雀旁边结束了,我离开时,那只孔雀突然发出了令人愉快的尖叫,它已经摆脱了悲伤,这就是孔雀之乡的声音。

移植到墙上的符号
（1999·宾川）

在中国的城乡世界里，我们从小就庄严肃静地学会了阅读。我记得小时候一个雨后的晴天，我刚开始练习写毛笔字的时候，我就开始端起浓黑的墨汁，那是深不见底的一碗墨汁，往一堵庭院中的墙壁走去。我操起纤细的毛笔，笔在空中战栗着，我写上了歪歪斜斜的字帖："好好学习，天天向上。"这只是一片涂鸦之痕迹，却体现了我从内心升起的毛主席语录。那本薄薄的刚好像我的手掌一样大的毛主席语录，封面是鲜红的。

除了石榴花冠是鲜红的外，只有毛主席语录的封面是鲜红的。我看见了镇里的宣传干事站在墙壁边缘写标语的那一刻,所以我的墨汁溅在墙壁之上,我就是那样开始了练习毛笔字,尽管我的毛笔字很难看,我却可以在墙上,在某个附近的任何一堵乡镇的墙壁上模拟别人写下的字帖。

1999年的4月,哦,我喜欢4月,当我的手在4月的微笑中触到了幼牙时,时间勾引我说:最美好的时刻所显示出的,与我命运相关的符号,已经延伸到了车痕累累的乡间小路上,它可以使我经过一片西红柿和茄子攀缘的架子,再经过一片飞蛾产卵的地方,飞蛾的命真短,一碰火焰就死。我来到了宾川,我看到了墙壁上的文字:"珍惜和合理利用每寸土地,这是基本国策。"

移植在墙壁上的文字符号就像是西红柿,宾川四月的西红柿已经全部开始由绿变红,红起来的西红柿使我质疑的诗来临了:西红柿为什么会在四月红起来……

移植在深红色墙壁上的符号仿佛是土地上已经开始变红的西红柿,土地上的历史创造了西红柿,所以我像一个胆怯的孩子面对着农民们写在墙壁上的标语,这是20世纪末的新标语,农民们已经开始重视土地的神话了,很显然,在农民们真正的神话中,是把西红柿般的色泽移植到墙壁上,成为告诫人们的精神武器。

语词是可以移植的，这是一种农民们使用的游戏规则，站在这堵墙壁下的我又想起了我用毛笔涂鸦时的生活，那时候的我，小小的自我，内心装着毛主席语录，它类似太阳在我体内冉冉上升，而此刻，珍惜土地的神话同样在农民的内心冉冉上升。

　　移植是一种游戏的规则：在土地变得越来越少的时候，农民们只能把受到时间所指引的语言写在墙壁上。这是干燥的四月，宾川已经好久未降雨了，我在农民们移植西红柿的幼芽时，看见了从土地中涌透而出的另一种幼芽，它就是语言的符号。在土地的赭色或深红色之间，一个熟透了的西红柿掉了下来，我刚好经过，我捡起了那个红的西红柿，我从童年时代开始就可以随意自由地触摸田野上的泥土中鲜艳的果实，这是因为我跟随做农技师的母亲生活在乡间的原因。如今，这种生活早已结束了，我像农民们移植符号般已经将我的生活地址移植到了城市。此刻，4月的宾川，有一种炽热的色彩紧紧包围而来，它渗透出土地被农民们合理利用的神话。西红柿就像那种红色的符号已经移植到我手心，就像我移植着诗歌中的意境：当更黑的树枝发生巨变时，必然是风雨呼啸而来时。

当一个人在划燃了轻盈的火柴时
（2002·剑川）

　　划燃火柴的那一刹那，一个没有电灯的时光，仅靠煤油灯照明的时代，20世纪的60年代末期，我像是仰卧于纯粹的小小庭院深处，半夜我突然听见了一阵坍塌之声，它透过窗棂传来时，好像就在附近，在窗外不远处，如果稍远一些的话，就在池塘附近。不错，我即刻想起了池塘附近的一堵老墙，它真实地存在着，出现在我每天上学的路上。那是一堵不知被什么人家废弃的老墙，墙壁很长，在我们儿时经过的路上似乎每天都产生一种纵横交错的符号，那是裂纹，是血管似的符号，我们总是在池塘边的老墙下面避雨，走到中途，有许多次必然遇到倾盆大雨，我们继而跑到老墙下面。然而，大人们早就警告过我们，说那是一堵很危险的墙，因为危险来源于墙壁不堪重负的负担，所以，它会倒塌的，总有一天会倒塌的。所以，我听见的坍塌之声一定来自那堵老墙，是的，风呼啸着，那简直是我出生以来遇到的最响亮的风，它的响亮穿透我住的墙壁、窗棂，甚至可以把窗棂摇得格格作响，我开始有一种乘船远航大海的感觉，我在电影幕布上了解了大海，看见了船帆，我的命运跟随着幕布上的船帆在晃荡，从儿时我就了解了命运是一种颠覆的状态。

当我证实那堵老墙已经坍塌时，已经到了凌晨，风已经停了，世界鉴于昨夜响亮的风啸中留下了许多混乱不堪的场景，首先是满地的树枝，它们已经脱离开树身。我想起了颠覆这个词汇：满地的碎枝、残叶席卷了世界，而当我看见那堵已不存在的老墙时，它墙壁上的裂纹变成了回忆。

回忆补充着我们的现在，许多事情都可以在一次又一次的回忆之中重演，在回忆里我站在坍塌的老墙下面，旁边池塘中的鱼儿突然会拍击着波浪，这波浪的滑动，使我时常发现，一旦我可以分辨花纹时，我就可以从鱼群的尾翼摆动中，或者从鱼鳞的层次中发现我已经穿过了一条裂缝，或者呼吸到了空中的芳香剂，或者已经在凉风瑟瑟中松开了我精神上的一根绳索，获得了暂时的自由，那怡人的自由。

而此刻，2002年的7月，这是一个被雨颠覆着世界的日子，我已经来到了剑川，在一个停电的日子，我重又划亮了火柴，点燃了一盏油灯。这是一座村庄的小油灯，旁边的木匠正在刨制木板上的花纹，由于恐惧我始终想着屋外的那堵老墙，作为读者的你，已经透过这幅图片看见了用木头、石块撑起的这堵老墙，它仿佛撑起了每条皱纹，撑起了墙壁中央的那些特殊年代的画面，里面的人物也许是红卫兵，也许是人们虚拟的神像，在那个时代，人们虚拟了心中的神。而此刻，时过境迁，叶片依然在树枝上从春天滑落到秋季，花蕾凋谢了会开，而一堵老墙一旦衰朽，就再也无法支撑时光的变迁。雨就像我当年听见的风啸声一样让我倾听到了雨啸，我深信：由于历史已经铭刻了皱纹，所以，那些石块、木头已经无法支撑住墙壁；内心的惊悸声啊，此刻布满了暗夜，在我内心的一缕最为强烈的光源里，此刻在这个雨季投下了一片阴影，鸟儿们在雨中仍然迁徙着，羁留事物的美已经疲倦，这就是那堵老墙有可能坍塌的秘密。横贯我们心底的那些有可能倏忽即逝的是时光，是芬芳香气，是花冠，何况这堵老墙已经折弯了腰，它为何不倒塌呢？

新冠盛开时
（1983·富源）

新冠盛开时，我们已经在一座迁徙中的新宅安置了动荡不安的家，我20世纪60年代的家。我们对那座人生中途中出现的老房子鞠着躬，不远处是花冠盛开，母亲无比安详的目光环顾着我们，她很高兴我们已经学会在迁徙中陷入了日常生活。每一次迁徙都意味着一次焕然一新的场景，我们把纯朴美化到极致，我们会动用我们的全部心智，比如，把一片挟裹在箱子中的羽毛插在墙壁上，那是一片西双版纳的孔雀羽也好，是一只早已被我们埋葬在潮湿尘埃下的乌鸦的羽毛也好，还是一只蝴蝶标本……总之，这给我们带来了步履维艰的世界，一路上给予了我们收藏事物的机缘。在狭窄的小箱子里，我们不会让事物埋葬，而是利用事物给我们的生活增加喜悦，无论是孔雀羽毛、乌鸦羽毛，一帧蝴蝶标本都会美化我们的现实境况。

薄暮之美在我们的人生中冉冉上升，然后收好幕帷，在哗啦的声响中，又合拢了一种干枯的花瓣。毫无疑问，我的母亲深深地、敏感地，甚至有些神经质地感受到了新冠盛开的时候也是薄暮环绕我们睡眠的时候。

我的箱中已经不再存在那片羽毛，那只薰衣草枕头哪里去了，那帧孔雀羽、乌鸦羽，还有那帧令我生活眩晕的蝴蝶标本，曾经在我的生活中延宕，而且澄清过我的日常生活中的谬误，而此刻，它们统统地从我箱子里消失了。

阳光把我带到了云南曲靖的富源，正在发出芳香的村庄，一个女人的头正从围巾中露出来。1983年，我总是独自一人朝着云南晴朗的地方，我开始学会了独自承担灵魂中荡漾的一种本性：万物开始显露自己时，我也开始显露自己，因为，我已经开始利用我的喉舌，也许是无比喜悦地诉说，也许是孤寂忧伤地诉说。

面对着这道门联，一个戴彩色头巾的妇女，她彻底沉醉的是灵魂无比迷乱的时刻，还是灵魂无比清澈的时刻？一个农妇，她被放在这世俗生活的一道风景之中，她也在用自己独特的方式显露自己，这就是活着的证据。我刚好看见了这个农妇，云南富源农村的农妇，一个承担着果实的饱满到果实的坠地的农妇，因为这一切使我在她的眼睑深处发现了踌躇不前。

她必须变得无比坚强，发生在所有妇女身上的故事都会发生在她的故事中，这个最为平常的妇女，她的忧虑来源于我们的生存空间，无尽的负担贯穿在她的心底，我体验过的贯穿在一次彻底的沐浴完毕之后落在我的裸体上。只有在我沐浴的时刻，那时从古老的引渡声中，水以环链般的轻柔在我的身体中来回地游动，捆绑我的时间之谜此刻变成了静止，所以，每个妇女只有在沐浴中解放自我。

看见这幅图像中的妇女时，我们都已经脱身，从一种渺小的经验中，我们开始正视这个世界：花冠盛开的明年还会再来，而此刻，这个农妇正被自己所笼罩，被那些彩色的喜庆的门联所笼罩。我已经离开了母亲带着我们迁徙的时光，在惶惑或艰难中，又一年的花冠盛开时，我一如既往地面对着一只美妙的器皿，仿佛在里面看见了落藉，看见了水瓮中的花。

远处传来了斑驳声
（2001·大理）

　　一切来自钟声，篷顶及其阴影：它们改变了我们的命运。当我开始面对男人相对无言的时刻，我知道一种隐秘的话语不是声音能够变奏的。1983年春天，一个男人牵制着我青春的影子，谁也预测不了我们的命运，然而我们却开始交往，在永胜县城的苔藓中，我们的脚跟突然湿透了，那些脚底的苔藓滑动时，我知道那向着我漂来的是我不认识的真理，比如一把陌生人撑开的雨伞往下滑落的雨水，它莫名其妙地滴湿了我的视野……而那向着他漂去的则是漫长的尺度，这是一个充满尺度的世界，所以我们忙碌着为尺度，为那向我们漂来的充满猜疑的世界。于是，我听见了什么东西在我们天真的心灵中斑驳着。时间在滑动着，在我们无法站稳的脚跟下滑动着，除了与一个男人在一起，让我感受到心灵的斑驳之外，还有不同的事件也在斑驳着。就像从织机中抽出的纬纱，它不停地环绕我的心灵，然后制造了一系列的假象，最甜蜜的一刹那消失了。于是，我们一次又一次地消耗着生命中的性情，那些从水底或墙壁中传来的一阵又一阵的斑驳声，使我告别了旧场景，又被新的世界所笼罩。

2001年的某一天，在大理朝外蔓生的路径之中，我发现了若断若续的声音，渐渐地我已经离它很近，瞧，这就是那堵老墙，它保持自身的姿态让我看见了遗迹犹在，然而，它却在不堪忍受的沉重中开始斑驳了。

走到墙边的老人拎着刚从水井中提上来的水，朝着这片斑驳之声走来了。我想到了诗人里尔克的墓志铭，葬于瑞士瓦莱州拉容山附近一座教堂里的诗人，墓碑上刻有他的文章、姓名和一首小诗改作的墓志铭："玫瑰，哦，纯洁的矛盾，幸勿在这许多眼睑之下睡去。"我想着1926年12月29日逝世的诗人，四天以后被葬于古老教堂的墓地；我想着那座墓地的诗人里尔克的玫瑰，横跨过时间的呜呼声，最宜于在我的耳前发出斑驳之声。因为,我能感觉到在里尔克眼睑之下安睡的玫瑰,它不可辨认,因为它是一个睡眠中的梦境。

墙上的铭文在悄无声响地斑驳着,引领我见过很多世面的语言,它就像最神秘的人一样让我保持身体的灵性,那是牵引我们人生波浪交叠的一种宽慰。面对这堵墙壁,我预感到了什么?我回过头去,一把乐器在远方晃动,触动我身心的乐器跟随一个人已经有太多的时间,那个人是一个瞎子,我不知道为什么历经了许多事情,总是会看见他,然而,他却无法看见我,然而,我深信他已感受到了那堵墙壁,他已经穿过了一片枝杈,朝着老墙走来了,当他的双手触到了壁上的斑驳声时,他手中的乐器哗啦一声掉在地上,他一定触到了旋律。

命如琴弦的瞎子有着他自己的道路,而我离开了那斑驳声,将会到另一个地方去,因为今夜,还有什么生活在等待着我。里尔克墓志铭中的一束红玫瑰早已凋零,任何一个夜晚都会产生斑驳之声,这悦耳之声,也许是越过了痛苦的另一种声音,诗人里尔克已经越过了他的痛苦,而我们在这芸芸众生中,正在越过出生之地,越过我们熟悉的场景,越过迎春花开花的时限,一切的琴弦搭在我们的心灵之上,终结处回荡着斑驳声。在旁边,那个汲水的老人诚挚地生活在她自己的斑驳声中。

像蛇一样逃逸出去
（1997·呈贡）

当我捕捉从滴落的枝丫间朝下滚动的雨水时，那里正是夏季。1997年的呈贡，一片嫩绿中的世界，慢慢地打开了它墙壁上镶嵌的门窗，在它的边缘——我不知道会不会碰到一些新奇的事端，有时候，迷惘而潮湿的雨季降临时，我更希望着事端出现，因为每一次事端都意味着生活的降临。

一顶草帽出现了，远远地，我以为这是一个戴着草帽的人坐着或站着，因为雨雾刚散去，我还无力从我眺望的距离把这个事端完整地拼合起来，在这里，我所希望出现的事端就是人的世俗场景，也可以称为人的世俗史。

远远看去，我有些恍惚了，在一刹那，那顶草帽似乎像一片篷顶，我对篷顶感兴趣，是因为我对森林中大片的野生菌类感兴趣，我曾经迷失在纯白色、金黄色、淡绿色、粉红色的野生菌类世界，那是一个有毒的世界，然而，经过人们精心的烹调后，毒性就会丧失，野生菌类就会成为宴席上的好菜。小时候，我们在漫长的雨季会疾速地像山羊和绵羊似的朝着山冈奔去，大自然是一座巨大的篷顶，而从潮湿的泥土中脱颖而出的菌类，犹如从未经我们触动的从巨大的骨盆中升起。任何一种菌类都像篷顶，而我们用不了多长时间就会把一大片菌类采撷到篮子里，旁边是小溪的一阵潺潺之声，那是一个篷顶的世界，因而我现在被不远处的，我急于寻找的事端迷惑住了。

当我开始用最为脆弱的神经感动世界时，从我伸手触摸到的花茎旁的根须下面，我感受到了一条蛇的存在，那不是一条庞大无边的蛇，只是一条正在生长中，无忧无虑的，然而是胆怯地急于扭动身体的响尾蛇。在那个时刻，蛇开始扭动身体时，我藏在花茎和树枝之间，我寻找到了一种事端，一种静悄悄地正在发生的事端，由一条蛇独自完成，而那潮湿的树荫下就是这条蛇的舞台。突然，响起了一种异样的声音，起风的声音或者即将变天的声音，蛇开始轻旋起一种令我惊悚的身体舞蹈，就在这时，一顶草帽随风飘来了，一顶旧草帽，犹如风中的帆一样在推波助澜中荡漾向那条蛇身扭动的位置，这是母亲的草帽，从屋檐下的挂钩上被风吹扬而来的旧草帽。

我突然被一种小小的阴谋笼罩着：那顶旧草帽也许已经控制住了、牵制住了那条成长中的幼小的响尾蛇的身体，也许它再也无法扭动出去了，它的小身体现在就在草帽下面喘息呢。然而，我错了，又一阵风朝着旧草帽席卷而来时，我看见了飞逝的草帽开始飘起来了，而那条幼蛇根本就不在我的视野之内。从那时候我就感知到了一种妙不可言的事端：它源自隐匿者的困境，只有困境可以创造真理，这就是为什么逃逸而去的蛇抛开了草帽。

此刻，离呈贡边缘外的那顶草帽已经越来越近的时候，我看见了简朴的事端：在这堵已经患上了严重的健忘症的墙壁上，不知道什么人给墙壁戴上了一顶草帽。墙壁上好像还留下了一层层菌类的痕迹，那已经死寂过的野生菌同草帽一样高悬在墙壁之上，而它的主人们，已经像蛇一样逃逸而去。人的狡黠在于可以隐没自己，也可以脱颖而出，这一切使我凝望着那顶草帽。时间到了,主人就会逃逸,这是生活的秘诀,也是生者们像夏花一样摇曳,像蛇一样逃逸的诗意态度。

一道黑暗裂纹穿过一片明亮
（1999·金平）

显露了一天又一天的黑暗开始从温柔的一瞬间向我们移近。1999年，我的足迹开始寻找荒芜这个词汇的现实在哪里。从拥挤不堪的城市一隅，我匆匆回顾，我即将去的地方在哪里。在冬日的凉风瑟瑟中，我之所以选择冬日，是我深信在最为纯粹的冬日凉风的吹拂之下，可以让我寻找到消逝在我们尽头的那片最荒芜的原址。汽车把我抛在金平县的客运站里面，这不是我的目的地，置身在忙碌的人群中，就寻找不到我意识深处的那片荒芜。

一个人迷惘的微笑从客运站的货架上升起来，那个解开绳架的男人，不知道是对着货架微笑，还是对着心灵的感官在微笑。一根根绳子从高高的货架上缓缓坠落，一个男人在迷惘中散发出来的微笑，也许泄露出了他生活中与荒芜有关系的一个故事。然而，这不是荒芜的全部风景。一个女人坐在客运站门口拎着她的行囊，一只添加了许多污渍的行囊足可以说明她的旅途如何繁杂，而她的目光懒洋洋地、沮丧地飘过客运站的门口，她犹如一只惶恐中的幼鸟，不知朝着低处飞，还是朝着高处飞。在她的意图中，我看见了她目光中隐藏着一种致命的荒芜，然而一个疲惫不堪的旅者，还不是纯粹的一种荒芜。

口述着苦难的人讲不清楚荒芜中的那片风景所在地，所以我离开了金平县城。从一个过路者身体上我感觉到了他流浪的过程，他从金平最为荒凉的一根根树枝中走出来时，我感觉到了他刚从一种荒芜之地而来，所以，流浪者从我身边擦身而过时，我领悟到了他心灵中的那一小片荒芜。就这样，我似乎掀开了帷幕，总需要有人掀开神秘的、瑟瑟中抖动的、辗转于背景中的层层帷幕，然后才会展现无限宽广的时辰。我们被一个又一个的时辰收留，从一条蜿蜒曲折的路上，我看见了被脚践踏之后留下的，无人可以熔炼出的行行辙迹。终于，看不见一个人影了，甚至连候鸟群也看不见。

仿佛幕帷被撕碎了一般，一座区别于宫殿的房屋遗址出现在眼前：所有一切都被时辰撕碎了，只留下一道黑暗裂纹穿过一片明亮，这就是沉入我心底的一片荒芜。老宅中的四肢仿佛仰卧于浩瀚无垠的旧故事中，它把超越一切的面目清晰地展现，它就是荒芜。

墙壁上立着两只猪槽，变化了模样的猪槽，已经没有猪食的味道，也没有猪仔们从它里面汲取无尽养分的时光重现。两只猪槽已经逐渐腐烂，而它们呈现出的昔日里，我可以看见万物的生机，也同时赋予了这座老宅以生机。昔日意味着我们生活的从前，此刻，我感觉到了荒芜，因为从一道黑暗缝隙中已经走不出一个人，甚至看不到一个最孤寂的人出现在我眼前。

荒芜的面貌充满了最动人的别离，我似乎已经看见了那群离开的人，他们并没有轻巧地离开，他们的步子也并不显得沉重。我看见了荒芜的将来：用不了多长时间，这些旧式猪槽，还有从黑暗缝隙中射出来的光，总有一天会全部化为尘埃，那是纯粹的荒芜，而按照我们人类的规则，只需一种果核和一粒种子，难以言喻的树枝就会冉冉地从荒芜中升起来。

神祇的容颜
（1999·洱源）

我们内心深处都有属于自己的神，它使我们抑制住焦躁，一路上我总会看见神祇的容颜，人们围绕着神祇，每个人都在祈愿。我记得我的母亲在一个有明月和繁星的夜里，独自一人站在夜空下祈祷：只因为我年仅两岁的小弟弟快死了，母亲祈祷的声音轻盈地洒在树枝上的淡淡月光中，但我仍然看见了母亲举起双手，渴望上苍让小弟弟免于死亡。尽管我的小弟弟死了，如纵横交错的雨水中一根折断的小枝杈从树身上脆弱地滑下去，然而母亲的祈祷声影响了我迷惘的心灵。从此，每到我们迁徙之日，母亲总会祈祷，仿佛由于小马车的车轮，母亲会预感到有阳光明媚的路径，也会有迷津交织的陷阱……越过夜晚的祈祷之声，传入我耳朵的是母亲作为一个女人试图为我们遮挡风雨的语词……所以，祈祷完后，对于突如其来的向我们降临的灾难也好，冷酷的现实也好，母亲却安详地迎接着它们。

所以，从童年时代开始，我的心灵深处便升起了一个神的容颜，每当我内心模糊不清的时候，我就会合上双手，我在祈祷中看见了明澈的道路，看见了可以越过的障碍。1999年，我在洱源看见香火燃烧着，飘向人们目光所寻找到的神。神像在我们的内心，融解了我们人生的种种迷途。这是民间最简朴的神祇的容貌，我预感到了他们的祈祷声类似歌唱，当我看见母亲把死去的小弟弟像埋葬一只小鸟一样埋葬在山坡上时，我就感觉到了我的小弟弟躺在斜坡上时的一种歌唱声……尽管苦难发生了，祈祷声仍然没有完成，因为在母亲看来，即使小弟弟已经死了，离开了我们的生活，小弟弟依然在另一个世界，即人们理解中的天堂生活着。

这是一座老宅中的神祇，人们从十分古老的磨难中提炼出了自己与神交往的神秘之境，祈祷的人们镇静地面对着神的容颜，他们坦言了内心向着黑夜之旅摸索的时刻，坦言了周围的空间，变得阴暗下来的季节……任何永恒不朽的嬗变都可以告诉内心的神。

在飘着夏日的雨滴的神的容颜深处，我们大概已经获得了宽慰。我们从繁杂的生活中学会了等待，洱源的一个农夫刚刚离开面对神祇的时刻，转眼之间又回到了他的庄稼地里，他心框之外生长着一大片稻谷，那正在成长期的稻谷；而另一个农夫，已经赶着他的水牛下了地，这就是离开神祇的容颜之后的现实生活。诗人里尔克说："你已在感官的内部变甜了。哦，让我们申诉吧！"

访问了神祇之后，美好的事物在生活中隐现而出，当然，触及了苦难之后，我们开始变成熟了，与此同时，更多的磨难悄无声息地在静候着我们，洱源县的农夫们似乎都拥有自己内心的神祇，他们选择自己固定的祈祷时间，他们延续着水稻田里的绿转换成金黄色的时间秩序，尽管他们的脸上布满了乌云，同时也充满了喜悦。

母亲的祈祷声每个凌晨总会上升着，穿越了混沌的岁月，同时也穿越了明亮的光泽，我们内心的神祇跟随着我们历尽了跛行的道路之后，现在，天气一片晴朗，我感到了内心的神说出了我们生命中的许多故事。

楼梯的故事
（2000·石屏）

石屏才是我真正的籍贯之地，我的父亲用尽了全部的力量还是没能将我们带到滇南的石屏。秋日的阴郁开始笼罩我的父亲时，我不时地挽着他的手臂上着一级级台阶，那是永胜县城长满青苔的古老台阶。我们站在台阶上追忆往事，父亲跟我追忆着石屏的木梯，他的童年时代跟楼梯有关系，他曾经从楼梯上滑落，这也许是他人生的开始，当我帮助父亲穿上殓衣时，我知道父亲生命中的那把楼梯已经消失了。

阅读让我历尽了但丁攀越的楼梯，当伟大的但丁决定倾尽毕生去追求贝雅特丽齐时，柔情像漫长时光中的光环套住了但丁,我们知道我们灵魂中都充满了象征主义的楼梯,每个人在上这楼梯时,内心都布满了一个又一个难以捉摸的隐喻:即我们用来追求这种神秘事物的另一种境界。所以,上楼梯是一件愉快的事情,如果你在梦中梦见了自己在上楼梯,如果上楼梯时很艰难,那个梦中的隐喻暗示你的现状存在着极其明显的困境。相反,当你在梦中梦见自己上楼梯时是轻盈自在的,那个梦中的隐喻则暗示你的现状像羽毛般可以飘动起来。我们的肉身从出生那刻开始,就承载着隐喻的故事,所以我们渴望上楼梯,我们渴望在上楼梯的过程中能抓住我们期待的幻想。但丁在《神曲》中创造了为自己灵魂所设置的历史故事,在我看来《神曲》中充满了身体的隐喻,漫长的岁月引导着但丁把隐喻表现为未来的一个时刻,那也许就是一把通往天国的楼梯。

隐喻的诗学表现出一个活生生的意念,它就是时间:此刻我抵达了父亲一直想带我寻找的永久籍贯地,这是父亲的老家,它不属于隐喻,它属于父亲生命中不可分割的永久地址。现在,我站在这把楼梯下面朝上看去,这是现实中的石屏,我站在楼梯下面……时间来回地穿巡着,替我触及隐喻的是我脚下的楼梯。我开始上楼了,仿佛在陪同父亲上楼梯，仿佛在陪同但丁上楼梯，图中的这把楼梯是穿插在岁月之中的永久插曲，就在这把楼梯之外，是一座小镇，我已经在小镇旅馆落下脚来，我喜欢这座有豆腐坊的小镇。石屏以豆腐而著名于滇南，我坐在旅馆外的简易豆腐坊中要了一碗水豆腐，不知道为什么，我没完没了地想象着但丁的世界。所以，我又开始上着那把楼梯了，两边是格子窗棂，就像一个人的旅途之中，像你无意识中敞开的风景。作为读者的你通过这幅图片可以看到楼梯上的隐喻吗？隐喻告诉我，这座楼上已经生活了几代人，现在的这一代人接近了小镇豆腐坊中的那些大块地显露着乳白色的豆腐，一次又一次地成形的豆腐维系着生活中若明若暗、若隐若现的关系——所以，在这里，隐喻向我们暗示着一种无穷无尽的现实，它就是灵魂转世以后的世俗史。

现在，我明白了但丁的孤独。诗人历尽了隐喻的曲折，看见了贝雅特丽齐。这个时刻，也是诗人丧失隐喻的时刻。我上了楼梯，我望见父亲已沉入石头，变成了墓地上的一块石头，这是死亡或者我怀念父亲时产生的最大隐喻：我上了楼梯的顶端，看见了楼下的石屏豆腐坊，它是世俗的，所以它取代了现实中的一个隐喻。

屡经诱惑的花纹
（1984·宾川）

我从一开始就感觉到朝着我扑来的这些阴郁就像花纹般晦涩，1984年，我还是一个迷恋诗歌的小女孩，我对诗歌的迷恋方式是对一本黑黝黝的笔记本的迷恋，是对我无知岁月中一道花纹的迷恋，所以诗人托马斯·艾略特说："我们的一切认识，使我们接近无知；我们的一切无知，使我们接近死亡。然而，接近死亡，不能使我们接近上帝。我们在生活中失去的生命在哪里？我们在认识中失去的智慧在哪里？我们在传播中失去的知识在哪里？20世纪来天宇轮回，使我们远离上帝，更接近灰烬。"

灰烬，是把死亡重现的一个时刻，我们不知道在我们脚下的灰烬中存列着多少次死亡。而朝着我扑来的花纹，是1984年证实我无知的一种色泽。我已在前面说过,宾川是我生活的邻县,它在一片起伏的、干燥的盆地上升起来,同时升起来的植物有橙色,它就是满山遍野的柑橘,当我站在一片柑橘园中时,我远远没有预测到有一片花纹在等待着我。若干年后,我写下了一部与身体有关系的长篇小说《花纹》;若干年以后,我读到了诗人曼德尔斯坦姆的诗:"我被赋予了身体,我当何作为?面对这唯一属于我的身体?为了已有的呼吸和生活的宁静快乐,我向谁表达感激?我是园丁,也是一朵花,在世界的牢狱中我并不孤单,永恒的窗玻璃上,留下了我的气息,以及我体内的热能。那上面留下了一道花纹,在它变得模糊不清之前。但愿从凝聚中流逝的瞬间,不会抹去心爱的花纹。"

宾川墙壁的三分之二被赋予了一片花纹,这就是为什么我总是会搭上一辆又一辆红色或蓝色的拖拉机,朝着永胜县的邻县奔驰的缘故。我所奔赴的是一堵堵墙壁,上面爬满了攀缘植物,它们平静地存在着,让我这个初涉人生的女孩暴露出了我一系列的浅薄,在这堵墙壁下面,那个上午,我被笼罩着:被一片花纹,一个我不了解的途径,我来不及经历的触角,我生命力图捕捉到的互相渗透其间的线条所笼罩着。一个老人拄着拐杖来到了我身边，她看见我沉溺在一堵墙壁下面，费解地问我在看什么？我转而面对她的脸，一张不完美的脸，已经丧失了人们迷恋的肌肤，已经丧失了苹果似的绯红，丧失了露珠般的湿润，已经丧失了可以证实的蜜蜂般的勾引。

老人的年龄我无法猜透，就像我无法猜透一个枯萎的苹果所陈述的史诗，到底有多少朵浪花，到底梳理过多少次魔法时刻？也就是在那一刻，我在这个老人脸上发现了花纹，它不是我梦中的花纹，它只是叙事歌谣中出现的几只蜘蛛，黑得发蓝的瓦片上滚动而出的雨水，转动的石磨上永无止境的时间顺序……就这样，我再一次在1984年收藏了花纹，一个可以熔炼的、反复交替描绘的境界，出乎我意料地解决了一个无知者面临的问题：若干年后，我十分笨拙地发现了人生的真相在于花纹的层层叠叠之中，面对花纹，我们可以解除人世间的一切杀戮，因为在花纹中我们的身体轻柔地寻找到了人生的渊源，无论我们的面颊和事物产生了多少花纹，它都是通过我们身体而隐现出来的一段抒情诗，每当这一刻降临时，也正是死亡在召唤我们的时刻。

黑井古镇的撒盐人
（1983·禄丰）

盐，被我们一经吮吸就成了品尝生活滋味的一种方式。它就像戏剧一样补充着我们生活中有的或没有的悲喜剧。黑井古镇的盐从遥远年代就已经源源不断地像岩浆一样流出来。1983年是一个解决生活问题的时期，车轮声持续在我朦胧的现实之中，一个午夜，我从昆明回永胜的路上，一辆大货车出了故障，货车司机让我到周围走一走，就这样，我来到了禄丰的黑井古镇。那时候，黑井古镇还没有旅游规划，它就像藏匿在酒窖中的苞谷酒一样，像土里深埋了上百年的一只陶瓷般，故意抑制着那汹涌的激情。

直至这幅图像中的中年男人，典型的黑井古镇的撒盐人，抬起头，仿佛奔向一口早已不存在的盐井。这是我内心的一种意象：越来越远的路，因为有一路上撒盐巴的人／陪伴我，这个人像是唯一不可以被摧毁的墙壁／围起了一座老房子，让我住了进去／每当他撒盐时，我总是站在月亮下格外清晰地／回到了内心。

这幅图片保存在雾中，跟随我历经了品尝盐的许多故事。每当我把盐撒在烤熟的土豆上时，这是一种美餐，外省人不可能感受到云南人品尝土豆的最简单的方式：把土豆藏在灶灰里，让它藏而又藏，然后开始了等待。

等待一个灶灰中的土豆烤熟，这并不是一个漫长的过程，而是一个期待的，甚至是有些饥饿的过程。在无聊的时候，我总是把手伸进存放盐的坛子……当我到达黑井古镇的种种传说中时，已经看不见那一口口著名的盐井，井盖合上了，甚至连遗址都觅不到，因而我相信：人是在雾中改变地址的／人是在雾中开始失恋的／人是在雾中蒙上了神秘色彩的／人是在雾中揭露真相的／人是在雾中越来越滋生恐惧的……

尽管如此，我仍然把这个匆匆朝前走去的男人看成是黑井古镇的撒盐人，看，他走得如此匆忙，这是一种感伤的假设：当一坛蜂蜜和一坛盐放在一起互相溶入时，蜂蜜会不会变得更甜，盐会不会变得更咸？转眼之间，我就看不见那个匆忙朝前行走的人了，那个货车司机找遍了整座黑井古镇还是没有寻找到我，相反，我却看见年轻的货车司机站在路口，焦灼地等待着我。

我回到了排除障碍的货车上，这是一辆从遥远的国度波兰进口的货车，波兰有伟大的钢琴王子肖邦，然而，1983年我还从未听过肖邦的钢琴曲，然而我却回到了来自波兰的货车上，那个高大年轻的货车司机用一双深情的眼睛望着我，在既没蜂蜜坛子也没有盐罐的路上，我们保持着沉默，到达永胜小县城，我就从他身边消失了。这是一种狡黠的常识：是盐告诉我的基本常识，而我也同样丧失了再次见到波兰大货车司机的机缘，在以后的生活中我再也没见到过他，只有这幅与黑井古镇有关的照片留下了我生命中所保留的一瞬间：撒盐人在雾幔中又让我看见了一场细雨／推开一道道昏暗的荫蔽，看到了朝着湿漉漉的天下／移动的阴影，已经颠覆了我身体下的沉疴／继而让我滑进滇西的一只绣花口袋……滇西让我获得了又一种品尝盐的方式。

金黄色事件
（1984·巧家）

1984年冬天我来到巧家时，相对的——对我个人的旅途来说这是一个遥远的地域，鸟飞得很低，这是一个贫瘠的地方，一个捉摸不透的地域总是跟人有关系。冷，比其他地方要强烈得多，走了很长时间似乎都看不到人，看到的只是鸟群擦着枯萎的山冈飞翔的意象。我一直在寻找着人，人为什么不出现，人藏到哪里去了？我把这一切归咎于一个非个人的现象，那就是贫瘠。一个国家的贫瘠，当然会影响一个地域的贫瘠，此刻，诗歌显得无力，然而也许是因为诗歌，我还是出发了，兰斯顿·休斯说："我认识像世界一样久远的河流，比流淌在人类静脉的血液更加久远。我的心灵就像河流一样深邃。"很显然，诗人们都在追求着河流，因为河流显示出诗歌的源泉。然而，在这里，一切都是干燥的，冷使枯枝摇曳着，连鸟儿也只会擦着低低的山冈飞翔，不习惯浪费时间栖居在一棵枯枝上，因为一棵枯枝不会让鸟儿筑巢，只会让大地颤抖。所有这一切都是贫瘠，连一点果味也嗅不到，连一个人影也无法觅见，当然可以看见鸟群擦着低低的山冈时滑落下来的乳白色粪便和偶尔被风震颤下来的羽毛。

我认识鸟儿的粪便就像看见盐粒一样亲切，现实给我带来了一只鸟儿和另一只鸟儿交媾时留下来的一堆粪便，通常，它都是白色的，因为它们所吞噬的食物是纯净的，比如树枝、米粒、田野上的蚕豆、麦子等等，通过消化，它们就变成了白色，所以，看上去，并不是粪便，更像海滩上晒得发白的沙粒。当我沿着起伏平衡的山冈朝前走时，我看见了一粒粒撒落在草棵上的、石头上的、石灰岩上的乳白色的粪便，我想起了那些鸟的名字：金背三趾啄木鸟，它通体散发出金粉色，脚爪仅三趾，在树干上爬时仿佛向着天堂欢快地穿越；蓝翡翠，一种披着蓝色羽毛的鸟，穿行于陡峭的岩壁之间，并在其间筑巢，蝗虫、蟋蟀都是它们上好的食物；银胸丝冠鸟，胸脯是银色的，鸣声尖细，常常招来杀身之祸……

我偶尔会弯下腰去捡到几根羽毛，脱离了鸟身的羽毛，握在手里时依然带着一种体温，任何生命都携带着体温还有体味，这不是我在这山冈上寻找人的意义。翻过一片山冈，当我慢慢地往上走去时，金黄色的一片屏风出现了，它看似屏风，却是一座草屋。不管怎么样，我的心就像沉寂了很长时间突然觅到了弦弓，显示一个日常世界的草屋跃入我眼帘，这显示贫瘠的草屋，却以金黄色叙述着盲诗人荷马通过比喻死亡——将战争的形式和永恒的女人交织在一起的永恒不变的色彩。在这里，女人出现了，小孩出现了，男人也出现了。我知道出现人的地方，哪怕只是一个角隅，也会产生懒散、死亡、自尊心、呻吟和疼痛，当然也会产生交媾的力量。站在门口的妇女怀中抱着婴儿，她是年轻的母亲，也显示出年轻的情欲，这就是一片贫瘠之地生活的事件。在贫瘠之中，他们显得有些麻木、呆滞，然而，忧虑在他们身边交织出了一种真诚的味道，这就是为什么，我走近了他们。许多年以后，我又重返这片山冈，但这座草屋已经消失了，贫瘠慢慢地离开了这个世界，而图片上的男人、女人、孩子们到哪里去了,也许这就是金黄色的事件:他们充满活力地到不朽的色彩中去了。

倾诉沉闷的庭院
（1983·大姚）

我知道并迷信这种永恒不变的规则：筑起的墙壁把我们的房屋围了起来，这是通过象征和比喻寻觅到的历代世俗生活的中心点。我熟悉这种生活，是因为我从小就生活在庭院里，那座庭院不属于我，它是20世纪60年代或70年代人民公社的小小庭院，然而，母亲却以农技师的特殊身份带着我们理所当然地生活在那座庭院之中。

我认识攀缘就是从庭院中的一棵爬藤开始：散发在一种懒散时光中的攀缘几乎可以看见，因为一个梦醒来，爬藤已经越过了底部的一团阴影，已经越过了中间的一团项圈，已经越过了夏日的笼罩。爬藤已经占据了墙壁，接下来，爬藤便迅速地覆盖住了整面墙壁。就这样我生活中的那座小小庭院开始有了它的隐藏期。我不知道，也许我永远也弄不清楚，当我来到大姚的这座庭院时，为什么我感受到了它的沉闷，浅置在一旁的手推车沉闷地讲述着自己的历史，庭院中的大块暗影使我想起就在刚刚过去的一瞬间，一个妇女坐在庭院中，快活地深入到自己的内心，用手工针线来消磨时光……这是下午的时光，农民到田野去了，庭院在倾诉着沉闷，它同别的庭院没有本质上的区别。但还是有一种微不足道的区别：在别的庭院中，随着时间的推移，始终会看见人的影子，然而，我已经待在这座庭院很长时间了，还没有听见脚步声，也没有看见朝我走来的影子。这是一座庭院最为沉闷的时期。就像我在昔日的人民公社的庭院中度过一个漫长暑假的时光。每当下午的时候，我就坐在庭院中，我尝到了空气中的无奈和苦涩，因为在最为沉闷的时刻，一棵爬藤开始患病，我发现了上面隐藏着的病菌时，我突然感觉到那棵爬藤就要死了，有可能很快就会离开我。果然用不了多长时间，那些绿色的爬藤就开始枯萎了。有些沉闷是我们可以感觉到的：比如，死亡的气息，它会像令人泄气的落花一样让我们的现状变得黯然失色。

而此刻，脚步声正朝着这座庭院逐渐地移近：首先出现在这座庭院中的是一只兔子，哦，是一群家兔，它们乐滋滋地从野外归来了，脚趾上还挟裹着草幔；然后是一匹马驹走了进来，枣红色的马驹子最有特色的地方是它的轻快，从它的身体中我感受到了一阵轻快声……当家兔、马驹回到自己的宿地之后，还是没有听见人的脚步声。我想起了我越过童年生活的庭院，站在人民公社的门口等待母亲归来时的场景。我们站在门口的小河旁，望着河水流淌着，更确切地说我们是在等待母亲从她的乡村世界归来，我们是守望者，只有母亲的归来才能证明生活的完整性。

沉闷的庭院不再倾诉，我来到庭院之外，看见了农民们正从田野上归来，是庭院把他们召唤回来的。庭院已经度过了它们暂时的沉闷期，剩下的是欢聚一堂。这就是世世代代奴役我们的乡村庭院的另一个时刻：就这样，晚宴铺开了，兔子们，枣红色马驹同样也有自己丰富的晚宴。我们在晚宴中忘记了时间，直至夜色降临，我们才匆匆进入梦境。这时候，小小的庭院可以枕着我们的身体，作为一个俗人，我们的身体总是有梦见一件礼物的时刻，同时被一种沉重所覆盖。

云南南部山区的一个时刻
（1998·石屏）

1989年冬天，我在北京写作生活的短暂时空里，经常想起云南南部山区，因而我写下了这首诗：干燥的南部山冈上的气候／只剩下一点一滴的水，春天太早地使人们／前额衰老。我蹲在一个土洼里／低低的土洼，我设想死去后／情人会不会检查出我头发上的细菌／在云南，我从未这样低沉和动摇／但是，镜子照着热气上升的火焰／我扭曲变形了或开始对自己撒谎／又一个妇女走出来埋她的婴儿／我开始将一根即将收割的麦穗／放在这个未曾长大的女婴身边／她长不大，我却在干燥的气候走下山冈去。

云南南部山区的另一个时刻在石屏县降临,此时此刻我松开了一个人的手,那充满有条不紊的、奢华诗章中的,抒情中发生的,像蛇一样滋生的肉欲已经消失。我终于抽出了右手和左手,像女诗人茨维塔耶娃的诗纵横着:"把别人不需要的,都给了我吧!一切都将在我的烈火中烧成灰烬!我既引来生命,也招来死亡,作为一点微火献给我的火苗。"自由的广阔天地等待着我,我从红色葡萄酒中抽出手,我的右手或左手都在伸长,那一刻,我需要在南部地区寻找到一些个体的人,他们就像维系任何生活的身体一样,漫不经心地、活灵活现地出现在我眼前。

于是,我又寻找到了一个干燥的季节,已经好久没有感受到雨水了,地平线上到处都是令人望而生畏的褶皱,就像我干裂的嘴唇上一夜之间长出来的褶皱,干燥似火焰的南部地区,我看见了一些人衣服上的纽扣,它们像火焰,只需一根火柴就可以燃烧起来。而此刻,干燥的门敞开着,远远望去,我似乎已经看见不幸的爱情中的干燥,那种干燥使恋人们患上了遗忘症。现在,我用手和树叶测试了一番我的体味:我那篇以石榴为主题的小说中讲述了不幸的遥远的石榴树的疯狂和女人的疯狂,而此刻,所有不幸都消失了。

平静的生活，干燥的南部山区的一种生活展现在皱褶深处，一个理发师正在耐心地用慢节奏的剃刀修理着一个秃顶男人脸上的胡须。一个老头蹲在一边吸着这个地区的水烟筒，我看见过这烟筒无处不在。住在昆明的云南诗人李森也在松弛时吸着这种烟筒。

面对这种生活，我意识到我并没有失去什么，除了虚构的生活，我们每天都在证实我们的内心：小说家爱伦·坡历尽生命完成了他虚构中告密者和解谜者的双重生活；诗人T.S.艾略特生活在晦涩和阴郁的笼罩下；哦，兰波太年轻了，他用年轻的肉体溅湿了决定命运的灾难入口处……这样的例子剥夺了我们生活中干燥的花朵的盛开期。而我面对这个世界，这是幻觉中离我最近的干燥地区，人类的编年史中会出现这个场景吗？

我所操心的那杯牛奶中的浮沉物像不像玻璃？而此刻，静悄悄的生活状态蒙上了我的双眼：就像寻找到了爱伦·坡的侦探小说的结尾，三个男人在这个寂静的世界里正在消磨着光阴，他们不认识但丁的《神曲》、歌德的《浮士德》、弥尔顿的《失乐园》，他们仅限于这个小小的世界，然而他们却动用了他们生命中的火柴和水桶，当一个人在划燃火柴时，另一个人长出了胡须和头发，而水桶却永不干燥，因为它有蓄水池的力量。

故事中的叙事者
（1984·弥渡）

这是一个叙事的年代，让我回到一个时刻：此事发生在1984年，弥渡的一座村庄——我按照一个人行走的习惯，站在这堵墙壁下面，最下面是一个啃着玉米棒的男孩，一边撒尿一边啃玉米。他不到四岁，所以他带着孩子全部的稚气，既在撒尿，也在啃玉米。从我开始迷恋语言时，也就是我沦入语境生活的时刻，通俗地说也就是我沉浸于叙事风格的时代。

叙事，也就是语言的历史，在面对这个既在啃着金黄色玉米棒也在撒尿的男孩面前，我看见男孩所撒出的尿液正在射击着墙壁下的一条阴沟，而在另一侧是一个打着呵欠的老人，他也许昨晚失眠了。老人生活是一个失眠的时代,我的母亲经常失眠,睡眠不足四小时,她已经习惯了。失眠是一种痛苦的牢狱,我曾经在失眠中呆呆地望着屋顶,同时也辗转反侧,仿佛辗转在波浪之上。看上去这个乡村的老人已经八十多岁了,他旁若无人地打着哈欠。据说,当一个老人进入八九十岁时,他们便建立了自己虚幻的乌托邦世界,旁人是无法走近他们的。老人一边打哈欠,他好像看不见别人,当然也看不见我就在他旁边,只有那个撒尿的小男孩看见了我,他对我咧开了嘴一笑,满嘴的没有咀嚼完的金黄色玉米,转眼之间他就跑走了,跑到我不知道的另一条小巷深处,消失了。

这是上午10点多钟,我站在这堵墙壁之下,我可以透过这堵墙壁的斑驳之声,看见久违的语言:"伟大的统帅,伟大的航手,毛主席万岁……"而顶端是像海水般的蔚蓝色,看见屋顶的蓝天,我仿佛乘着一艘船,这是我梦寐以求的一种生活,我希望把我生命的一个短暂时期放在远洋轮船上,这可能是一种骗人的梦想,它的骗术在于距离,所有的魔法都因为距离产生了诱惑。

语言是一种勾引,无论是写在墙壁上的,写在纸上的,写在帆上的,写在风筝上的,写在机器上的。语言展现了一个勾引他们的世界，这就是为什么当我站在这堵墙壁下面时，我会想起一种象征性的戏剧，它发生在20世纪的50年代、60年代、70年代……在这些年代的叙事故事中，一个国家的人民沦入语言的奴役之中，因为语言勾引了他们。此刻，薄薄的露水早已融化，雪白的霜早已逃逸而去，这堵墙壁似乎已经完成了它的历史使命。

那个撒尿的男孩又来了，这是一个无穷无尽的叙事题材，从一个年仅四岁男孩的身上我感到了他喷涌而出的尿液是他成长期的一种证据，而他手中的那个金黄色的玉米棒是逸事中最不乏味的道具，它证实了一种人性无可争辩的叙事的永恒——因为这个男孩的存在，历史会继续演变下去；而旁边的那个老人，毫无疑问他经历过墙壁上的语言。无数年前，这些红色的语录笼罩过他，他会背诵毛主席语录吗？而此刻，我看见了多么辉煌的历史也有写到尾声的时刻，以至于这个老人在哈欠连天中像别的老人一样，进入了一个旁若无人的世界，梦想中的乌托邦王国……这就是逸事，我站在墙壁下面，"在英国——奥斯卡·王尔德说过——只有那些已经完全丧失了记忆的人才发表回忆录。"这是博尔赫斯的原话。

固定的四季周而复始
（1998·德钦）

德钦让我想起了博尔赫斯的又一段话："神灵的几何学家斯宾诺莎认为，宇宙具有以无穷无尽的方式存在着的无穷无尽的东西。"往返于德钦，是我生活中的生活，空气从潮湿的水瓮中飘来时，也正是抵达这座藏式建筑的时候。出发与抵达是两种不同的意境，在最富于人性的居住地德钦，9月或10月是他们黄金般的日子，通常在这段时间没有寒冷没有雪。在我所说的这种黄金般的时间里，我会搭上一辆车到德钦去。在所有我抵达的目的地中，德钦纯净得像水或雪，只有水和雪可以形容德钦。

四季让我获得了比蜜蜂还多的蜂巢，因为蜂巢可以不断地消失，今年的蜂巢不可以替代明年的蜂巢，而今年刚刚消失的四季可以衡量明年降临的四季。已经进入十月的德钦，我看到了这座藏式建筑之外的一个世界：秋叶在飘落而下，在利用一种永无止境的时间顺序下感动我们心灵的秋叶，值得我停下脚步。德钦是广袤的，我不知道它展现了多少领土。然而在德钦的任何一个林子里，我都有可能就会迷失方向，我指的方向，是通向旅途中任何一条路的方向，是通向一座小木屋的方向，因为在森林里迷失了方向，只要你寻找到任何一条路，就会从迷径中走出来，因为这些森林中突然闪现的路是守林员走的路，是隐秘的狩猎者开创的路。而一旦你在森林中发现一座小木屋，这是一个迷路者的预兆，因为只有人会搭起小木屋，就像只有诗人会搭起空中花园一样。

在白马雪山下的树林中，我迷失了方向，这不是形而上的迷失方向，而是形而下的迷失方向。最现实的意义在于，我迷路了，我根本就看不见路，在这里存在着一个生命中的最大危险，如果我今天无法从森林中走出去的话，那么，我就会被猛兽用爪子抓起来，拎在空中，我的人生逸闻将到此结束，谁也无法寻找到我的足迹。就在这一刻，我随同飘曳的秋叶的落地声焦灼地想寻找到一条路径的痕迹，哪怕是一条微不足道的充满人和兽的小路，这是我在森林中唯一的祈愿。尽管我在虚构的语言中死过一千次，然而，当我远离人群时，出乎意料的，我产生了深深的恐惧，也许这正是人的致命弱点：我们害怕任何一种死亡，因为我们可以在生活中产生任何一种死亡的恐惧。

并没有寻找到一条小路，我却已经越过了林区，站在白马雪山下的石灰岩上了。石灰岩就是精通诗歌和音乐的石头，它就是包含秘密的石头。白马雪山一侧的石头表现为冰冷，然而阳光已经移动着它的符号，所以，站在石灰岩的一侧，我就看见了这座藏式建筑，它一尘不染地出现，抖落了乏味的灰尘和伤感的落藉。

四季轮转不息的秘密产生了寂静，我之所以一次又一次奔走于德钦，雪山下的村庄，是因为我向往寂静。这座建筑忠实于这个国度最美妙的秘密：当我沿着小路抵达公路时，我成了一个搭便车的人，我就要回去了，至于回到哪里去我也不知道。1998年，我遭遇了爱情的告别，我遭遇到了一系列的不完善的离散，我还遭遇到了疾病的折磨……德钦的寂静让我只适宜生活在梦乡。而此刻，一个拥有洗衣妇、杂货店、超市、银行的城市出现了,它既是肮脏的、疲惫的,也是乐师们生活的地方,因为它依然保持着城市的梦和纯洁。

小世界的趣闻
（1983·泸西）

我们所说的小世界可以是一个人、一只鸟儿、一部辞典……只要可以讲述游戏故事的场景和人都可以建立起自己独立的小世界。1983年，我不断地外出，基本上围绕着云南的部分边远县镇出发，然后就直接进入村庄。我就像农民一样进入村庄，也许我想摆脱图书馆的世界。1983年我在永胜县担任临时的图书管理员，我喜欢图书馆，它催促我贪婪地读书。《一千零一夜》《唐璜》《情感教育》《漂亮朋友》《马背上的水手》《金蔷薇》《安娜·卡列尼娜》《复活》……大师的文字作品正是我在贪婪的阅读中完成的，我不知道我到底有没有真正地消化了那些作品，不过，有一点值得肯定，那就是我的视野突然变得开阔起来了……

这使我突然发生了转变：我一次又一次地出发，不仅仅是为了读图书馆那些充满历史和玄学的书籍，我想在一座图书馆之外，看见另一种哲学和文学思想。我看见了泸西的土地，这个季节的泸西正值春天，万物开始复苏的春天。春天比起图书馆的书籍来显得年轻，而那些书籍仿佛通过时间进入了暮年的晦涩。1983年，我透明的手臂旋转着，保尔·瓦莱里说："文字的历史不应当是作家的历史以及作家的生平或他的作品中的种种际遇的历史，而应当是作为文字的创作者或消费者的精神的历史。甚至可以不提及任何一位作家而完成这部历史。"

所以，我对这个小世界的生活气息感兴趣，因为它是人性的历史：临时挂在墙壁上的是气球，很多人玩过这种游戏，在一个没有战争的时代，人们玩着子弹，是为了击穿气球，这是从战争演变而来的小小游戏。旁边走着的老人就像一棵苍老的树一样弯着腰，手里拎着竹篓，大概是去装土豆和豌豆；旁边的两个孩子正把自行车当作玩具……所有发生在这幅图片中的都是游戏，农民们的游戏生活。因而在这幅小小的图像里，它就是一个小世界。很快，有人朝着它走来了，那个脱离了农活的男人拍着身体上的尘土，开始走近了游戏枪支。在这幅图中，你可以看见泥土的颜色，它红中偏黄、黄里偏褐，20世纪的80年代初期，这种游戏从城里来到了乡村。

气球子弹穿过了气球后落了下来，来了许多人，围着这个游戏度过了一段时间。在这同时我已经离开了这个地方，在那个时期，这好像是男人们的游戏，妇女们好像一有时间就纳鞋底、做家务，那是男人们无法加入的游戏。那时候，我就感觉到了任何游戏都是分为阴性和阳性的游戏，也就是男人和女人在特定空间各自发生的游戏。而当我被一片暮色所笼罩时，我来到了一片麦田深处，我听见了滚动之声，接下来，我看见了在一瞬间发生的，让我终生无法忘记的另一个小世界：一个男人和一个女人的身体在麦田中滚动着，很显然，他们忘记了这个世界还存在着眼睛，他们忘记了这个世界还存在着耳朵。我用我的眼睛，也就是我的视觉在无意之中看见了这对男女沉浸在肉欲中的滚动声，我用我的耳朵听见了他们在日落以后的一声声尖叫，被我称为肉欲之谜的尖叫。瞬间是永恒的，我们生命中筑起的每一个小世界都有动人心弦的故事，我把这些故事讲出来，是为了证明人性存在着诱惑之谜。

夜和秋的世界
（1998·漾濞）

　　一个妇女出现了，她的父辈们留给她了这座房宅，拱门似的门庭外堆着粮食。我知道粮食对农民很重要，那些穿着黑裤子穿行在田野上的农民终身都在跟粮食打交道。我知道，词语对于我，就像蜜涂在了我的日常生活中。就在这个妇女站在门口时，我发现了词语。词语倾巢而出，从这个妇女生活的中央：拱门，成熟与赤裸地让我感觉到那些无以计数的时间，鲜红地呈现在这些纹路中。我知道，纹路是必然的，就连我们身体中也携带着深深浅浅的纹路。我想起了摩挲这个词语，因为拱门触动了时间，所以，拱门与时间发生了摩擦。任何事物与事物，人与人之间都会发生摩挚，这就是纹路留存在我们视觉中的原因。

我对任何事物的变幻莫测都会产生困惑，这只说明了我的无知。我对留存在我们生命中与寒冷有关的记忆感到困惑。感觉中的寒冷并非源自天气，而是源自时态的变幻。我和当时很年轻的父母被抛在金沙江畔的五七干校进行劳动改造时，当一个发疯的女人每夜发出尖叫声时，我感觉到的不仅是恐怖，而是寒冷。尽管金沙江流域的气候可以种植热带水果，可以种植棉花，但我是寒冷的，我比常人更深地领会到了尖叫，那时我才有五岁。我的困惑太多了，蜜为什么甜，西红柿为什么要在四月红起来？正是我的无知使我想解开这些谜的答案。

秋色——也许是在一场夏雨的最后一滴雨水中降临的。云南的秋色很漫长，有整整两个多月，我们可以平静地、从容地享受着秋日。在这个地区，秋色是从瓦砾上飘落下来的，一片秋叶在我们休憩的时候，在我们刚把一箱子的秘诀解开的时候，秋色来临了。1998年，我似乎已经用舌尖品尝着果仁，我喜欢这种非常细腻的生活。秋色是需要品尝的，在我们剥开的任何一个成熟的果实中都可以展现出一层层的秋色，如果你没有看见过秋色，那么，你就剥开一个水果吧。

我剥开了眼前的这个水果，它来自乡村，一道拱门也是一个水果，这个道理只有诗人能够明白。夜色掩映之下，我们会面对更多的果实：在这里，漾濞乡村中的一个妇女，普通如向日葵的妇女，她只知道在夜色中她收获了粮食，她只知道站在先辈留下的石拱门前，当我们为她拍摄这幅图片时，她感到喜悦，也感到窘迫。

夜色开始弥漫到这个乡村时，我们决定在乡村留宿。许多年来，我的床经常变幻，以至于当我醒来时，我总是环顾着四周，一个陌生的场景改变了我的床，这只说明多年来，我的生活在辗转中展开，从来没有固定的地址，这只说明无知者的我正在了解人生。在我们被笼罩的乡村的秋色中，我嗅到了许多果实的味道，比如已经枯干的葵花籽，同许多种子一样散发出直接进入我们体内的味道，它的颗粒形状是我无知的旅程中一种细腻的符号；比如石榴，如果我告诉你，我的人生源自一个石榴，那么只能说明赋予我生命的梦呓像一个石榴，使我不断轮回那个夜晚。我留宿的是一间谷仓，到处是金黄色的谷子，即使在黑暗中，我也能触摸到，看见秋色，因此，我求助于时间，求助于每一种时间。我躺在谷仓中望着明月，以我身体的名义，以我被秋色所挟裹的思想，我相信我已睡在离天空很近的地方。

来自巢穴的抒情
（1999·中旬）

我认识巢穴已经很久：真正的巢穴挂在树枝之间，母亲告诉我说鸟巢就是鸟窝。所有戏法和魔术都变幻着母亲所言及的这种规则，那时，我的年龄很小，所以看上去树很高大，我不得不仰起头来看那些阴天或晴朗的光线，寻找母亲让我看见的那个巢穴。然而，巢穴是深藏不露的，我不得不开始攀树，那是一生中作为女孩子的我唯一的一次攀树。我一点一点地、小心翼翼地朝上攀缘着，既害怕从树上掉下来，又害怕失去寻找那个巢穴的机缘。我知道机缘对我很重要，也许失去它，我就寻找不到那个巢穴了。那个时代，我们不断地迁徙，今天还看见的风景，明天就倏然间从我们眼前消失了。

所以，我绝不错过这次机缘，我伸出了我的右手，在很多时候我的右手比左手显得更有灵性，我使用我的右手比左手的次数多，因为它拥有满足我的等待或把梦幻变成现实的力量。当我伸出右手时，尽管我感觉到我的右手不够长，它简直太短了，然而，随着我攀缘上升的高度，我触到了一个巢穴：它是用各种各样的野草、稻草编织成的一团蛛网。从那一刻开始，我就知道我了解了巢穴，正像母亲所言及的那样简单：所谓巢穴就是窝。当我们双手筑在怀中时，可以暂时垒建起一个窝，而筑巢的世界越来越普遍。随同阅历的增加，我不仅在树枝上看见了筑起的巢穴，我也在穹隆顶的古代宫殿中看见了时光所筑起的巢穴，会飞出一群燕子；在房屋的平台上，我看见了鸽子们筑起的巢穴；在寂静的花园中，在一种错落的时序中分布着许许多多色彩鲜艳的巢穴……

我在这幅图像中抵达了另一种巢穴深处：藏式民房的一道类似穹窿似的入口处，升起了炊烟和火架，两个男人和一个女人，隐隐闪现的银质器皿散发出香味，而离我们很近的是绳索和口袋，随意地悬挂在入口处的木柱上。这是一座被我比喻为巢穴的世界，我不知道我的这种比喻有没有准确性，我指的是象征意义的精准性。

1999年，云南中甸作为草甸子、雪山、茶马古道和清澈的湖泊的世界吸引着我的足迹，类似这样巢穴似的世界在藏式民居中到处都是。当旅行者夸张地沉浸在中甸这座被命名为香格里拉县的风光中时，我独自一个人进入了这个巢穴。

外来的旅行者并不可能改变这里古老的生活方式，暖热的火架上飘出了热烈的火焰。在这里，你不可能看见伪造，因为银制的器皿是当地民间艺人自己打造的。你可以伪造语言、梦境、绳索和酒，然而，你却无法去伪造炉架下热烈的火焰，这就是巢穴深处永恒不变的热烈。每当这一刻，我就会想起手指触摸到童年时代那个鸟巢时的灼热，那是鸟身上散发出来的体温，与火架上散发出的火焰不一样。

正是这种区别，强烈地让我体会到了变换位置的筑巢世界，所以，我从这种区别中看见了鸟巢里的雏鸟们，它们正在温暖的鸟巢中长出羽毛，在一边长出羽毛时一边产生飞翔的幻想。而火架上升起的火焰就像不倦的史诗一样，一次又一次地呈现出端倪，同时也让食物由生变熟，在火架前产生了滚烫的油茶，产生了烤熟的羊腿。

过去的洞穴和现在的隧洞
（1984·祥云）

洞，设置出幽暗的、不可预测的险径——一种促使我们的命运变得神秘起来的时刻就在洞穴外等待着我们去穿越。20世纪80年代，我和几个小伙伴站在洞穴之外，那是一个无意中被我们发现的洞穴。我们站在洞口，把耳朵紧贴在灼热的石头上，想借此听到声音，然而——一种渺茫的，不是声音更像是蝙蝠的喘息声传入耳朵。那时候我们都没有见过蝙蝠，只是在想象中看见过它的深黑色影子。一个男孩第一个滑入了洞穴，并望着我们，希望我们与他滑入同一口洞穴。我们面面相觑，被恐惧包围着，也被诱惑引导着，于是，我们纷纷滑入了洞穴。凉风从幽暗处吹来，男孩走在前面，我们走在后面。因为害怕我们几个人的手不由自主地已经牵在了一起，往里挪动，空气就变得潮湿和凝固起来。我们触到了石头上长出的苔藓，因为光线暗淡，我仍然能感觉到哪些是绿得发紫的苔藓，哪些是绿得发红的苔藓，哪些是绿得发黑的苔藓，这是缺少光线、触摸、染上忧郁症的苔藓族。我对此体验到了滑行，稍不留神我们的身体就会滑倒，就像沿着广阔无垠的滑板，滑入一个深不可测的沼泽地。没走多远，就感觉到了一种翅膀的扇动，像扇面一样起初是微微地张开，仿佛像人受了惊吓一般，然后才是拍翅者，仿佛飞蛾般轻盈。很显然，在一个人被极大的恐惧所强力笼罩时，也正是美的诱惑在时间和空间中，在一种完全窒息的世界中演变的时刻。就在这一刻：蝙蝠出现了。

一只巨大的蝙蝠和几只微小的蝙蝠听见了我们的滑动声，它们的世界被打扰了，人类犯下了许多错误，那就是在不该侵犯别人的时刻，因为面临着一座迷宫、一道深渊，而不得不穿越别人的世界。我们中的一个女孩突然尖叫了起来，这样一来，仿佛在这洞穴中为蝙蝠的飞翔伴奏，它们拍击着有力的翅膀，不时地撞击着洞穴。突然，恐惧不知不觉地从我们几个人的心灵中渐渐地消失了，因为我们发现了美。蝙蝠的美只可能在一个洞穴中展现，就像恋人间的一首插曲比天长地久更永恒一样。

我们穿越了洞穴，我们滑动在长满苔藓的卵石小径上，我们看见了蝙蝠的飞翔，这是昨天的洞穴。很多年已经过去了，如果我此刻没有站在这个隧洞面前，我也许已经忘记了那个洞穴。遗忘的时候也许正是我们在散落的蝙蝠似的飞翔中让梦境纷至沓来的时候。1984年的又一个时刻，我站在隧洞前，像彩虹般弯曲的云南隧洞总是会出现在抬起头来寻找路的一瞬间，这是《神曲》中的女人贝雅特丽齐走过的道路吗？我想起了香烟，点燃香烟的男人和女人吮吸的是烟圈，也许这就是香味渗入身体的肺部。它是一个洞穴，所以一旦人吸上了香烟，就很难彻底戒烟。面前的隧洞并不深，不远处就是隧洞的出口，而我在这一刻又想起了小说家霍桑和他伟大的书《红字》，这个阶段正是我读《红字》的时期。霍桑在另一部小说《玉石雕像》中写到了洞穴："那个洞，只是我们脚下遍及各地的黑暗深渊的一个开口罢了。人们幸福的最坚实的物质只是盖在那个深渊之上支撑我们虚幻世界的一层东西。我们最终都不可避免地会陷下去。"

"我们只是一些影子"
（2000·祥云）

因为拐杖就是我们身边的另一道影子，我不得不再次引用霍桑在1840年的一段话。很显然，1840年我还没有出生，也不可能在孤寂者霍桑的身边走来走去，他说道："……这是一间中了邪的屋子，因为千千万万的幻影盘踞整个房间，有些幻影如今已经问世……现在我开始明白，为什么这许多年来我是这间凄清的屋子的囚徒，为什么我不能砸破它无形的铁栅。如果说以前，我还能逃避的话，现在却困难万分，我的心已经蒙上尘土……说真的，我们只是一些影子。"2000年的一个白昼，我看见了祥云村庄中一个挂着拐杖的老人，她的拐杖是影子，而她的身体也仅仅是一道影子而已。从村庄的四周散发出猪粪和牛粪的气息，还有兔子的味道。我还看见了更多的影子，比如，土地测量员的影子，他也许来自卡夫卡的小说《城堡》，也许是一道现实中的影子，他确实存在着，就像去《城堡》的路上障碍重重一样，那些绳子当然不仅仅从土地测量员的影子下面垂落下来，我还看见了牛和拴住它的绳子。更多的影子几乎像梦一样不清晰，因为它是根据我们的想象画出来的影子。

我一直跟着这幅图片上老人的影子走了很长时间，以至于她不断地回头。我明白了，我使她独立的、自由自在的影子失去了安宁，所以，我不再跟随她的影子了，因为我明白了一个道理：没有任何人的影子试图产生如影随形的奥秘，当一个人的影子朝前走时，影子是朝着自己生命的另一道影子而去，每个人都不仅仅有一道影子跟随自己，每个人的影子旁边还有另外一道影子，或许还有第三道影子。我12岁的那一年，我就已经感觉到了孤独的奥秘，那个黄昏，我刚出门，我母亲就问我要到哪里去。我说去走一走，母亲就很警觉地告诫我道：天快要黑了。母亲的意思是说天很快就要黑了，一个人在天黑下来的时候走一走并不安全。然而，我还是朝着黄昏向河边走去，越往上走，我就感觉到除了我的影子在已经降临的夜色中走之外，还有别的影子也在行走。那是我影子中的影子吗？它们仿佛潜入了我的魂中，我往任何一个地方走去，它们都在陪伴着我。正像霍桑所言："我们只是一些影子。"无论是在夜色中也好，白昼也好，我们都只不过是一些影子，紧贴着尘埃移动，这也许就是灵魂的神秘问题。

我在祥云的一座村庄里看见了一道棺材的影子，那口涂上了红黑油漆的棺材，就像搁在高高的木楼顶上，我是在深入观看一家民屋的建筑时，在无意之中发现这口棺材的。主人告诉我，村里的老人有一种习俗：在没有死亡笼罩自己之前就为自己准备好一口棺材。在云南的许多村庄，我也看见过类似的状况，就像死亡降临之前的等待是一种得到再生的游戏一样，人们乐观地把棺材的影子置放在现实生活中，它们也许是一种相互矛盾的挽歌，此刻却变成了一道影子。棺材的影子映在楼梯上，也映在木楼顶上，甚至映在了身体的侧影之上，这就是生命或影子保持着的一种潜在的幸福。无论活着还是死去，也许都是一种幸福的铭刻，一种持久的跟死亡和出生相联系的神秘关系，使我们投下了自己的影子。因为我们不能驱除人生中的恐怖，它来自出生、欢娱和噩梦，所以我们就以梦的方式编织出了旁边的影子。

像石头一样不朽
（1998·澄江）

石头是一个谜，是我诗境中的一个时刻。那是许多年前的一个时刻，我小心翼翼地从一座旅馆爬到了山顶，看见了众多的、几乎是层层叠叠的石头。因此我的一首诗歌与石头有关："重新归回，到一个夜晚的石头上去／进入得更深一些，坐下来／坐在一堆显然是坡度的位置上／纠正教室，纠正了口音，纠正了方向感／体会到石头和脚的长度／用嘴，用呼吸，用手来参考／我的母亲在那时干什么／旧时的石头，旧时的恋爱场景／我们的血白白流尽／我们的诗歌在夜晚还是在石头上／被风吹拂着，被燕子衔着／人，永远爬不进石头的里面去。"

石头之谜因为有了人，被人所利用，人看见了石头，并触摸到了石头的灵魂：这是一颗坚硬的心，一颗永不变形的心灵。石头是从暴雨中长出来的，是伴随着我们人类历史的一次又一次来自深渊的恐怖，被我们人类所看见的。你在这里所看见的这幅图像中的石头，充分地被人利用着。这是澄江，一座被抚仙湖所包围的村庄。当我站在这座用石头垒建的房屋面前时，我不时地听见来自抚仙湖的波浪声。在抚仙湖的水底沉入了古代的一座城市，通过水底探险者的手我在电视屏幕上曾经看见过水底的石头：古代的人们已经学会有效而合理地利用石头，在长满苔藓的水底石阶上，我看见了切割成长方形或正方形的石头；在一座坍塌的墙壁上我看见了石头上镶嵌的密码，我无法破解那种密码，那是古代魔法师内心的一种符咒；我还看见了石头上的兽世界，沉入抚仙湖水底的石头上竟然有老虎、狮子的形象……石头，这是沉入水底的石头变成了不朽。

现实中的石头仍然像古代一样被人利用着，石头的谜，就在那些石头上。因泥土的涂鸦，有些石头已经开始变成红色；因雷雨的撞击，有些石头已经出现了裂缝；因历史事件的一次次覆盖，有些石头叙述过人类的苦难和哀愁……确切地，我们旁边是石头，因为石头可以被石匠们改变为墓碑。我记得我父亲的墓碑上铭刻着我父亲的出生年月和死亡日子，我又一次在里尔克的石墓上看见了那种永恒的墓志铭："玫瑰，哦，纯洁的矛盾，幸勿在这许多眼睑之下睡去。"这是我领略过的世上铭刻在石头上的最美丽的墓志铭。

我有一次经历枕着石头睡觉的夜晚，那是在滇西的高黎贡山顶端。在寒冷不堪的夜里，我和我的朋友们睡在著名的南斋乡的驿站里。这是一座用石头垒建起来的驿站，我们睡在石头上，那是一个因寒冷而一夜失眠的夜晚。我们13个人平躺在石头上，我不断地听见兽群穿越伟大、沉默的高黎贡山时的声音。

石头的谜里面，出现了一位老人的肖像，他坐在石头上，毕生致力于农活的老人，此刻，安恬地坐着。他已经长出了雪白的胡须，他脸上的皱纹看上去就像石头上的裂缝，如果从更远处看上去，他更像一块石头。他坐着，这是他一辈子为之盘踞的世界，有了石头，他可以持久地将生活盘踞下去。石头的谜，让我们迷失在内心生活的监视之下。因为每一次面对石头，我们都寻找到了铭刻的力量。任何文字一旦铭刻在石头上，都会变成不朽和永恒的秘密。

你看见玉米了吗
（1998·祥云）

你看见这幅图像中的玉米棒了吗？作为农民已经收获的粮食，它此刻已经晾晒在屋架上，我的胃强烈地蠕动着，不仅仅产生的是饥饿，饥饿只是一种本能，就像情欲的产生是一种本能一样。当我站在这幅图像的世界里，看见玉米挂在墙上，胃的蠕动已经不是一种本能，而是一种感恩。

烦冗的继续着的生活就像一个人的通史一样不可能缺少胃的蠕动，我小时候带有神经质的童年曾经淹没在乡村的大片玉米地里，那是我此生最大的快乐。我获得了一片玉米地的青睐，我既可以消失在玉米地里，也可以走近来、走出来。当玉米开始成熟时，那完全是一个灼热的世界，我那时候的世界与死亡无关，与阴影同样没有关系。

我曾经数过一个玉米棒上金黄色的籽粒，它既可以检验我糟糕的数学，也可以促进我的虚无主义的诞生。我经常数到中间时便开始错位，然后再返回到开头：我从没有认真地把一个玉米棒的籽粒数清楚过，因为数字是幻想的敌人，也许当我望着金黄色时，把色泽变幻成了深朱砂色。那是一束玫瑰，在我成为少女的时期里，我第一次望见一束朱砂色的玫瑰时，我想起了童年时期的幻觉。

玉米，抢救了我的生命，在一次生病中，我产生了浓烈的厌食症，我拒绝任何食物，甚至嗅见任何一种食物的味道，我都想呕吐。当我母亲从烤玉米铺里给我带回来一个喷香的玉米棒时，我的胃蠕动起来了，饥饿的本能再一次回到了我身体里。

我曾经看见乡村的农民们收获玉米的季节，这是一个最美的现实，"现实"这个词汇让我想起一个罗马帝国的皇帝，他名叫马可·奥勒利乌斯，在他的《沉思录》中有这样的现实："现实是所有人的，死亡就是失掉了现实，这是个极短的时期。任何人都不会失掉过去和未来，因为对任何人都不可能剥夺他没有的东西。你记住，所有的东西都在旋转，而且又重新在同一轨道上旋转。看到了现实的人就看到了所有事情，难以探测的过去发生的事情和未来将发生的事情。"

现实的意义在于玉米一年复一年地从土地里冒出来，因为这是人类的一种宿命。无论什么人执政，无论是什么朝代，无论你经历了无以穷尽的幸福和灾难，你的胃永远都需要玉米。在这个现实场景里，1998的祥云乡村就像所有别的乡村一样使玉米永不在这个世界上消失，这是一种现实主义精神。

有些现实深藏在我们的未来之中，这也许是作为罗马皇帝的马可·奥勒利乌斯所肯定的未来中的现实。玉米悬挂起来了，就像一部浩繁的辞典一样，它可以从一代人过渡到另一代人之中去。它剥开的粒籽就像葵花籽、石榴籽、玉米籽、哈密瓜籽、西番莲籽一样被我们所收藏，它一粒一粒地把我们的现实命运抓住，无论我们迁徙到何处去，它都与我们的命运有关系。谁都知道，即使在荒野里，一粒子也会发芽。

只有拥有强大现实感的人才会假设自己的未来，罗马皇帝也好，种植玉米的人也好，在极短的时间内，就想通过幼芽看见未来。即在看见现实的时刻,未来是一种梦想,正像雾一样向我们飘来。1998年,我在祥云的村庄看见了雾的同时,也看见了玉米。

猜想中的斑驳
（1999·宾川）

斑驳是一种折射，就像光芒一样朝着我们移动过来，就像阴影已经删除了我们的喜悦。1999年，一切对于我来说似乎都是崭新的，那一年开端，云南高原的灼热阳光吸引着我的目光，尽管这是冬日的阳光，但我还是来到了阳光最为炽热的地方：宾川。如果在冬天靠近这个地域，你不会感觉到寒冷，确实，离宾川越来越近的时候，我就感觉到了光芒已经离我越来越近。

从车上下来，我看到了一个绣花的妇女，她正坐在自家的庭院深处绣花，一种懒洋洋的空气，以及交织在她手上的彩色丝线，充分说明了在任何一个角隅，人性生活都在悄然无息地进行着。而旁边是另一块绣花头巾，她正在模拟着那块早已斑驳的头巾上的花朵，采用崭新的丝线，一针一线地、专心致志地绣花，那块旧头巾看上去已经有些年代了，除了布的颜色在斑驳之外，绣在布上的花朵已经斑驳。

我听见了斑驳声再次在这座农家小院中响起，而当我走出庭院，出现了这堵墙壁。在斑驳之前，这是一块四方形的被镶嵌起来的领地，任何领地都是涂鸦文字的地方。我猜想在这块墙壁斑驳之前的场景：很久以前，这是一块领地，那些掌握着文字秘诀的乡村知识分子，用墨汁和涂料往墙壁上涂鸦的时代，也许是一个早晨，因为任何早晨都会产生清新的语言。我猜想着那些红色的字帖写着毛主席语录，那些黑色的字帖有时是致命的，它使一代人的命运遭遇到了厄运。很久以前，这是另一块领地，墙壁上写着一个村庄的姓名，只要是庶民都会拥有自己的姓名、乡村档案，把这些名字写在墙壁上，是为了显示全年的工分制度。那时候中国乡村还没有进行土地包产到户，生产队是一个大集体、大家庭。那时候，作为母亲的女人们拼命地，使用浑身的劲儿在繁衍子女，为了挣更多的工分，猛然间，生产队在改革中解散了，工分制度消失了，这是另一种叙事方式的开始。所以，很久以前，墙壁上开始张贴着广告，大大小小的广告中有混合饲料的广告，有洗发精的广告，有狗皮膏药的广告，有煤炭的广告……广告的降临意味着一个乡村已经朝着外部敞开了大门，广告的降临说明乡村开始了它的商业活动。

然而新的墙壁出现了，这堵经历了历史风尘洗礼的老墙壁毕竟已经太老了。人和事物一样都会苍老，人在老的时候，牙齿会松动，皮肤会堆满皱褶，身体会变得缓慢，身体会逐渐地萎缩……简言之，所有因时光而衰竭的人和事物在变老的时候都会具有同一特征：即从身体的内部到外部都开始斑驳。所以，我看见了这堵老墙壁在斑驳。

它已经被遗弃了，没有人重视它，所以再也没有人为它修补斑驳的身心，它的热闹、喧嚣已经随同历史的风云而消失，它的荣誉、它的显赫当然已经结束，这就是历史的规律。斑驳声异常清晰犹如生命在黄昏的空气中颤抖、燃尽，在这个奇特的冬日，我看见斑驳下来的土块更接近灰烬，因为它滑落在地上，很快就会被大地吸收。

四季永远在周而复始地进行着，冬日的冷和夏日的雷电都有可能成为变幻这堵墙壁斑驳的因素。

杂货铺
（1983·会泽）

我们从小就离杂货铺子很近，因为我们离生活很近。我品尝到的这一颗棒棒糖就是我母亲从杂货铺里给我买来的。埃米尔·路德维希说过，当人开始认识金钱时，也正是人丧失天真的时候。我看见母亲手中的几颗硬币在我生活中激起波浪时，一块糖在20世纪的60年代是如此甜，那个时代的所有人都喜欢吃糖，因为那是一个格外贫穷的年代。当我跟着母亲的影子来到杂货铺时，我看见了糖、茶叶、盐、酒、劣质的香烟和塑料凉鞋堆集在一起。

然而，吸引我的是糖而不是盐。我从杂乱的货架上看见了装在脸盆中的糖，那个时代，流行棒棒糖，那是唯一的流行，因为所有幻想家和设计者都丢失了灵魂，从而丧失了丰富的想象力。棒棒糖使我的世界有了杂货铺，从而也使我认识了母亲手中艰难的硬币，那来之不易的硬币；从而也使我丧失了天真，滋生了欲望。我总是绞尽脑汁，企图从母亲手中获得几枚硬币，从而使我的脚奔向杂货铺，让糖在我的吮吸之中溶化，这是那个时代唯一的、迅速的溶化，让我品尝到了生活中除了盐之外，还有甜的滋味。

甜，使我认识了货币，认识了不断变幻的货币，使我认识了晦涩的货币。1983年，我来到了会泽，那时候，这个地域像所有地域一样面临着从贫瘠中抽身而出。出现在我眼前的这家杂货铺靠近异常贫瘠的墙壁，我看见了香烟、火柴，没有看见糖果、茶叶、盐。旁边的老人，一位目光慈祥的老人握着烟锅，平静地坐着，在他脚下是一个火炉，几个圆凳已经很陈旧。这就是1983年的一个临时的、物质贫瘠的杂货铺，它出现在一个远离城镇的角落，就像柑橘的秘密一样存在着，那时候我看见了山坡上光秃秃的树枝，那些已经落光了叶子的柑橘树，使我幻想它的颜色。我站在炉火旁边，站在杂货铺旁边，看见的就是一棵棵落光叶子的柑橘树。

如果满山遍野结满了柑橘树的果子，那橙色会使1983年的这种贫瘠变得灿烂起来。那时候所有人剥开果实时都会像我儿时一样品尝到甜蜜的味道，那仿佛是幽灵出入的世界中一种被握在手中的、散发出香味的魔幻。

我就这样，在作为诗人的幻想中想着这种情景。渐渐地，在时光岁月中，我经历了更多的世界，我已经失去了一种奢侈的梦想，让糖果堆满我的手心，犹如堆集着夏夜最灿烂的梦的色泽。我失去了品尝糖的欲望，是因为我们生活中的糖果过于繁杂，那些沉睡中的梦想家、设计家们似乎已经再一次醒来了。糖以各种品类、包装、色泽出现在杂货铺里，我不知道，这幅图像中的杂货铺还有没有存在着。

那个守候着杂货铺的老人也许还活着，像经历了史诗的一个秘密一样环绕着他生活的那个地方，环绕着挂满了柑橘树的山冈，活在他最现实的一个时刻。这也正是每个人的历史回到过去再回到未来的时刻。此刻，再一次面对着这幅图像，是因为它的图像代表着一种历史，它使我怀旧似的寻找棒棒糖，那使我的生命变得甜蜜起来的棒棒糖块，仿佛正溶化在我嘴中，自始至终让我回味无穷。

墙上长出的另一种苔藓
（2000·丽江）

古老的苔藓不仅仅从路径上长出来，它还从墙壁上往外疯狂地蔓延，这是我孩提时代所证明的事实。2000年的丽江，是我长驻的一个地方，我带着诗人里尔克的诗，出现在古镇外的一家客房中时，夜色已经笼罩着我。在一盏20瓦的白炽灯泡下，我读里尔克的《杜伊诺哀歌》，这是被哀歌笼罩的一个时代，一切都以哀歌的另一种形式进行着。那是1911年到1912年的冬天，在亚得亚海海滨的里雅特附近的杜伊诺城堡，诗人在这段时间开始创作《杜伊诺哀歌》。在丽江的一座来来往往的旅店中，我翻开了诗集，仿佛从古老的城堡中传来了诗人里尔克的声音："哦，生命之树，何时是你的冬天？我们并不一条心。并不像候鸟那样被体谅。被超过了而且晚了，我们于是突然投身于风中并坠入无情的池塘。我们同时领悟繁荣与枯萎。什么地方还有狮子在漫步，只要它们是壮丽的，就不知软弱为何物。"夜空繁星闪烁，我之所以喜欢丽江，是因为我喜欢看到雪山顶上的繁星，每一次领略繁星的神秘，都使我感觉到身体的渺小。也许这就是我在第二天出现在一座村庄的原因。我每一次去丽江，并不是为了欣赏那些人来人往的，被各种旅行团所占据的蜂拥的人群，而是为了寻找内心呼喊的东西。当我看见这堵墙壁时，远远地，我以为是看见了丽江古城永恒的青苔。然而，当我走近它时，却看见了符号。

　　写在墙壁上的符号是由语言组成的，语言来自一座村庄，这些旧体诗句因为风雨的递嬗，它已经变得斑驳。毫无疑问，斑驳是我在这本书中写得最多的一个词语，它类似我们被解开的一层层心幔，被我们的双手层层揭开。所以，我把墙上的符号看成了墙上的青苔。也许，它果真就是青苔，因为只有青苔才会永不凋谢，每经潮湿的雨水，它又会重新变绿。

绿，无疑是我们在一个萎缩的世界中渴望看见的场景。所有的绿不是砰然一下的闪开，而是沿着一只瓮坛生长。在丽江古城，我不断地与古代和现代的瓮坛相遇，它们或闪现在人们面前，或溶解在水中，青苔的飘动下面。这是丽江古城永不枯萎的灵泉之一。因而诗人里尔克在哀歌中重复着这种境遇："生物睁大眼睛注视着空旷。只有我们的眼睛仿佛倒过来，将它团团围住，有如陷阱，围住它自由的出口。"

花开着，苔藓变绿又枯萎了，这是一个村庄翻来转去的气氛。人类是在气氛中生活的，正像我们依靠情绪来呼吸生活一样。我站在墙壁下面，墙上的苔藓正在度过它们沉浸在冬日的枯萎期。在冬日，几乎所有的花儿都已经凋谢了，几乎所有的草儿都已经枯萎了。

在哀歌中，诗人说道："站在山脚下。于是她拥抱着他，哭泣起来。他孤单地爬上去，爬到原始苦难之山。而他的步伐一次也没有从无声的命运发出回响。"这就是里尔克的哀歌吗？

符号在斑驳，犹如等待复苏，我之所以把它们当作青苔，是因为我期待它重新变绿，只有绿色可以让里尔克不死。然而诗人吟诵过的鲜红的玫瑰也无法挽留住他的生命，于是玫瑰陪同诗人去了。我站在墙壁前，想着哀歌，想着青苔的复苏期。

门神下的妇女
（1984·昭通）

1984年，雨季让我发现了一路上的蚂蚁们在拼命地迁徙，一场又一场雨，上一场雨还没有从树枝上、屋檐上彻底地滑落，又一场雨又降临了。我被雨季束手束脚时，发现了一路上那些像黑芝麻的东西竟然是蚂蚁，哦，总是在雷雨之前不顾一切地在冒险的蚂蚁们，害怕被雨水淹湿。我就这样，跟着这群蚂蚁来到了1984年昭通的又一座异常贫瘠的山冈上。就在那里，在蚂蚁们朝着山冈泥路奋力迁徙的时候，我看见了唯一的一座土坯屋，颜色红得有些耀眼，然而，它就是一座房子的原形，任何人都无法去改变它的存在。

它的存在是稳定的，犹如山冈上的树根已经有了根须的纵横。孤零零的一座土坯屋中，突然走出一个穿蓝布衣服的妇女，那个时代，清一色的蓝布一匹又一匹地从工厂进入供销社。我记得，那一年好像已经取消了布票，而在70年代末期，我的母亲总是把布票、肉票、粮票小心翼翼地收藏在一个抽屉里，并且上了锁。那时候，一切都是票证的世界，没有票证你无法买到一尺布，也无法买到一粒米，也尝不到肉味。

这个妇女来自群山覆盖的滇东北高原，如果我不是沿着蚂蚁们迁徙的足迹，根本就不可能与她相遇。我相信，任何相遇都与缘分有关，在人一生短促的时刻，我们与一只本来已经飞远了，又飞回来的鸟儿相遇是一种缘分；我们与河流、涡流、浪花相遇是一种缘分；与一个毫无关系的人相遇也是一种缘分。

缘分——左右着我们的宿命。有些宿命是无法违抗的，它就像镜子的清晰度和光泽般折射在我们的故事中。我注定要与这个妇女相遇，因为她如果不在这座山冈上出现，我不知道跟着那群迁徙的蚂蚁会走到哪里去。通常，蚂蚁们可以寻找一个窝住下，然后再迁徙，蚂蚁们没有永久不变的洞穴，它们从生下来就面临着与自然灾难做斗争。在一次又一次的灾难中，死去了一群蚂蚁，另一群蚂蚁又降临了，它们有惊人的繁殖能力。通常，在炎热的洞穴中，是蚂蚁们热衷于交媾的时候，而雷雨则是它们拖儿带女迁徙的时刻。

现在已经看不见那群蚂蚁了，这个穿着蓝布衣裤的妇女，滇东北的一个女人，皮肤是褐色的，她正蹲在门神下面，她说她什么都不害怕，为了抵抗贫困，她在山冈上放猪。她环顾着山冈说，她的猪已经到后面去了，她是一个放猪的女人。她还说整座山冈上除了一群猪仔之外，还有门神陪伴着她，所以，她什么都不害怕。很显然，她不害怕一切，是因为她的心灵中充满了门神的形象，我在之后看见了她的猪群体。黄昏时刻，猪群体扭动着健壮的身体已经开始归家了，一只老母猪刚下的猪仔不停地想吮吸老母猪垂下地的奶汁。整座山冈上除了一个妇女之外就是一群猪的世界。当然，还有门神守候着这个妇女的世俗生活。那个夜晚，我留下来过夜，我似乎什么也不害怕，因为我相信门神会保佑我们。这是一个寂静无声的夜晚，一切都在静悄悄地流逝着。我睡在妇女旁边，她是我见过的睡梦最为香甜的女人，很长时间，我都回忆着她的睡姿：她像山冈上的一块石头一样安卧于她的梦乡，她像门神守候下的一只鸟笼一样不害怕变幻莫测的天气变化。

"神灵允许我述说内心的烦闷"
（2000·南华）

歌德说："当一个人在痛苦中默不作声，神灵允许我述说内心的烦闷。"2000年的深秋，南华的这幢老房子让我想起了歌德的这两句诗句，因为这些老宅中隆重的寂静让我想起了述说语词的另一种过程。每一种事物都充满着语词，一朵绽放的花蕾中的语词显得迫不及待，因为花蕾就要绽开了；一张床上的语词是睡眠，大凡睡眠都与梦有关系，梦是流动的，所以它可以燃尽一个人最虚无的火焰；一条河流的语词对于我们来说是轻柔的，同时也是致命的，因为河流可以溯源而上，直抵我们梦境的遥远；一座老宅的语词如此宁静，它使我们远离梦幻，掉进现实的拱门之中，它的宁静囊括了我们生活在其中的时间。

它就是时间。它金黄的色泽是时间的磨炼；它无声的斑驳就像绣花针已经生锈，那是陷入夜色中的锈迹，所以，它在无声地斑驳；它的门柱、它的石凳、它的影子都在述说它存在的踪迹，它给人带来了家的安恬，也带来了宿命的梦魇。

述说是有声音的：围墙里的老人已经长时期内不能出门活动了，那是一个历尽述说之路的老人，他老得已经像斑铜一样，到处是斑的痕迹。手上、脸上、骨头上无处不是他的斑痕，然而，他仍然支撑着自己的骨架，企图召唤那些久违了的糯米香味，桃花的飘逝和酒窖中美酒的逍遥，他活得太长了。然而，我看见他不停地抓住拐杖，唯恐一旦拐杖脱手，他就会从阴影之中倒下去。

而几个孩子正在庭院中奔跑，他们倒下去是一种游戏。他们可以倒下去又爬起来，他们不害怕任何阴影，也没有任何阴影可以绊住他们的双脚，因为他们幼稚，因为他们无忧无虑，因为他们通过游戏生活发现了生活才开始……旁边，是水磨，通过它，述说有了沉重的声音，驴转动着磨盘的声音，听上去并不悦耳，然而，它是另一种述说的方式。

我们因为时间产生了述说，它是最简单的欲求，我小时候看见石榴开花的时候就站在石榴树下,花在结果之前的述说是一种喜悦。喜悦是红色的,在我仰起头来的那一瞬间,我自己的心灵同样也产生了喜悦,无法控制的喜悦使石榴树开始结果,使我产生了对果实的幻想。

不会述说的事物和人,已经失去了幻想的能力,就像死去的枯树一样腐烂。这座老宅正在述说它刚刚度过的一百三十年的历史。在一百三十年之前,那些感伤的音符被这块土地上的先辈用马背驮到了贫瘠的地区,盖房子的时间是冬季,因为任何一种冬季都不会让人想象出滂沱的骤雨,所以,墙在加高,梁柱立起来了……这是老宅的先辈们,理所当然感受到的世界上最明媚的一个冬季。

失明而又温馨的博尔赫斯写下了这样的诗句:"在黑夜中给它奢华,那盏灯浮动的亮光,还有忧伤,杯中的玫瑰,垂死的,也在其中低着头。如果让痛苦加倍,也将重复我心灵花园中的万物,也许等待着某一天居住。"

述说的人,也包括这座老宅,它们因生命而产生了延续的欲求。每个生物都渴望着不死,然而,每个生物加快生活节奏的时候也正是在赴死的时刻。我面前的老宅,一座足可以支撑寒冷的老宅,它的力量总有一天会崩溃。

又看见了玉米
（1994·鹤庆）

金黄垂曳的喜悦，从厨灶台前飘来的喜悦，丰足的喜悦，剥落而发出响声的喜悦，这就是玉米给我们的生活带来的喜悦。1994年，我又看见了玉米，滇西鹤庆的玉米，它带来的喜悦就像守候它的村人一样不言而喻：我看了它一眼，小时候我就一次又一次地看它，看它怎样由籽粒从土地里脱颖而出的过程，那是万物所具备的奇迹。它从泥土中冒出来，像葱绿的小手指，开始时很缓慢地长，后来就疯狂地长，长到一定程度时，就不再往上长了，这时玉米的枝干上开始冒出了缨花，它裹着玉米开始长大，直到它脱落，被我们带回家。这就是玉米，惠特曼诗歌中的玉米，南方或北方的玉米。

坐在玉米下面的是妇女和孩子们，我仿佛听见但丁祈求贝雅特丽齐时说道："啊，夫人，你是我的希望所在，我祈求你拯救，我地狱里的灵魂……"很显然，这不是但丁的《神曲》所在之地，这是鹤庆，一座悬挂着玉米的小村庄。然而，我还是想起了但丁，永不妥协的但丁，前去追求贝雅特丽齐的但丁。

现在，从厨房中飘来香味，让我饥饿不堪的香味，我发现人在饥饿的时候对玉米的感情会上升，我们不再把它比喻成诗歌中的金黄色，它就是粮食，填饱肚子和让我们解决饥饿问题的粮食而已。

玉米占据了屋顶，它是唯一可以悬挂起来晾干的粮食，而别的粮食，比如，稻穗，在它成熟以后很快就由打谷机脱落而下，进了碾米房，进了我们的胃。而玉米，它悬挂起来，晾干它需要一段时间，所以，如果你在秋天到冬日的时候，到乡村去，你就会有机会看见悬挂在屋顶的玉米，有的玉米被编成了金黄色的大辫子，屋顶上的梁柱看上去可以轻松地负载玉米的重量。

有些村庄靠近日落的地方，而有的村庄则靠近日出的地方，我试图在我的小小花盆中也埋上一颗颗玉米粒，那是春天，适宜埋下任何种子的好日子，我幻想着露台上的花盆中能够长出一种幼芽，它就是玉米。不错，过了不长的日子，幼芽破壳而出了，它让我惊喜，就像期待所有事物有质的变化一样，我当然也期待着它会长大。

它的身体越来越纤细地在长，然而离我的期待却很遥远，我母亲告诉我说，花盆里是长不出玉米来的，果然是这样，它的变化是越来越纤细，后来，一阵风刮过来，它就折断了。此刻，我又看见了玉米，这是从田野上的泥土中长出来的玉米，它可以满足人和牲畜的双重需要。妇女和孩子们坐在屋梁下面，我借此可以看见玉米的全部品质：它在悄悄地晾干，这样它就可以在仓库里存放很长时间。永久的东西是可以收藏而价值连城的，玉米当然算不上可以永久被收藏的东西，然而在这座房子的旧仓库里，我看见了一个古老的木瓮里收藏着一些色彩奇异的玉米粒，主人告诉我，这是他爷爷的爷爷收藏的玉米粒。我很惊奇，它竟然没有被虫蛀。主人告诉我，他的爷爷已经过世了，现在由他来收藏这些玉米粒，它的存在——变换着现在和未来，这就是诗。农民仓库中收藏着很多诗，玉米只是其中的收藏之一。

沿着怒江大峡谷溯源而上
（2000·福贡）

怒江是湍急的，然而，经过了湍急之地，怒江平缓地流淌着。我想起了传说和史料中的传教士，他们从遥远的欧洲来到了怒江畔，我曾经在梅里雪山下的澜沧江畔寻找过传教士的足迹，在只有兀鹰飞翔的澜沧江大峡谷，从法兰西来的传教士最终在茨中教堂外培植了葡萄园，那是让我心动的一大片葡萄园。当我来到茨中教堂外的葡萄园时，正是落日降临的时刻。

任何一个落日都会让我重新审视我的容颜，即我的容颜可以映现在镜子里。每次出门我都会携带着一面小圆镜，这是映现出我存在的唯一方式。别的时候，我的存在会映现在水波上或青苔上，还有鱼的脊背上；别的时候，还没等我掏出镜子来，我已经享受到了四周秘密的快乐。此刻，在落日包围下，我还是照了照镜子，因为在落日之下，葡萄园似乎逐渐变暗了，只有在镜子中先看见我的容颜，才能清晰地看见葡萄园的容颜。所有这一切都被一种内心的力量驱动着：在落日下面，我看见了已经衰败的葡萄园，我本想摘一颗葡萄，法兰西传教士留下的葡萄，然而，我的手触到的仿佛是一种萎靡。它果真就是时间的萎靡，任何昔日的景象都会逐渐地萎靡，这是苏格拉底深陷狱中时告诉我的真理。

沿着怒江溯源而上，这是我旅途生活中的一种向往。越过了湍急的怒江大峡谷，平缓的怒江上空开始出现了黑色的兀鹰，这意味着荒凉将靠近我们。有些时候看见荒凉你会战栗，而当你一旦看见了兀鹰就不会害怕，因为兀鹰飞翔的地方尽管险恶，却可以让我们加快步伐，因为如果你一旦停留下来，飞翔在空中的兀鹰也许就会扑向你的身体。我又一次感受到了落日，每一次落日笼罩我时，也正是我感到镜子无所不在的时刻，所以，2000年的怒江大峡谷上出现了一座教堂，我听见了祈祷声，在这幅图像中，几个基督教徒正坐在教堂中央，虔诚的目光朝上看去。

在怒江大峡谷深处，那些散发出萎靡气息的教堂里总有行走着的基督教徒的脚步声，他们世世代代居住在峡谷深处，他们的父辈可以把教义传给他们。我知道，任何教义都是一种信仰，所以英国传教士来到了怒江大峡谷里，盖起了教堂。

有关英国传教士在怒江大峡谷布教的故事可以留在一部另外的书中去写，它不是这篇短而又短的文章可以概括的。人类的故事大都是梦的解释，所以梦可以再现我们的生活，这些基督徒的眼睛里流露出梦，那些传教士的梦想里，梦就是一种占领，他们要用布教的力量占领怒江大峡谷。

沿着怒江大峡谷，我看见一只巨大的黑色的兀鹰正在分解着一头已经死去的山羊的尸体，浓烈的羊腥味使我的旅途充满了不可知的恐惧。越过这片恐惧，在围绕着教会活动的这座房子里，却看到了人们安详的目光，在他们的目光之外，几个年老的妇女们正站在怒江大峡谷中纺着麻线，纺织机太古老了，发出并不和谐的声音。我发现另一架纺织机竟然立在怒江大峡谷的峭壁上，从峭壁上发出的声音似乎是但丁的声音:"我祈求着,而她离得很远,仿佛在微笑,又朝我看了一眼,然后转过脸,走向永恒的源泉。"

穿针引线的生活
（2001·罗平）

世俗史包括穿针引线，我这样说的时候已经回到了20世纪70年代的时光。那时候我生活在一座小镇上，我像所有的女孩子一样开始学会了给自己的衣裤打补丁。那是一个穿补丁衣裤的时代，每个人身上似乎都离不开烙印，那些形形色色的补丁远远看上去，就像是映在身体上的烙印。我就是在这种历史笼罩下开始穿针引线。这是我从现实那里学会的一种世俗生活。既然世上有针线，就意味着要有使用针线的人。我坐在一棵石榴树下给自己的衣裤打补丁时，我十二岁或十三岁。

即使穿补丁衣裤的时代已经离我们而去，我的抽屉里仍然保留着针线盒，那是一个精美的用纤细的柳条儿编织的小盒子，它随我迁徙了好多次，每一次，它都会紧跟着我的行囊在摇晃中移动不息。时光流逝并不意味着针线盒已经不适用了，很多时候，我利用它为我缝纽扣，我经常想，很多年轻的女孩子出生在这个时代，她们失去了做针线活儿的乐趣，这真是一种遗憾。

然而，遥远的乡村生活却无法离开穿针引线的生活。这幅图片就是例证。在这世俗的生活中，一个乡村妇女使用针线时的专心致志就像诗人在明月之上发现了嫦娥，它不再是一种修改补丁的生活方式。从本质上讲，所有针线活儿都是在弥补我们生活的残缺。

现在，太阳冉冉上升了，细雨飘飘的，阴郁的日子已经过去，太阳确实在四周冉冉上升着。2001年的罗平，不仅仅充满了已经开始著名的油菜花基地，还有这个妇女和一个孩子的现实生活。所以，我想让你看见我抽屉中的针线盒。此刻，越来越晴朗的生活在我的房间里荡漾，我可以在这里享受到晴朗的同时也享受到我所追求的那种身体中的宁静生活。外面的草坪上一如既往地滑动着剪草机，这充分说明草在猛长,即使在冬日的寒风中仍在猛长着。

在这样一个时刻,我正在缝无意之中落下来的一只金属纽扣,如果我的生活中具有那个乡村妇女做针线活计的快乐,那么,我的生活中将处处是快乐。穿针引线说明:生活已经越过了重重障碍的同时,生活也挂破了我们影子上面的影子。我们自己是最好的抚慰者,让我们坐下来,如同我们结束了旅程面临着一场睡眠,这是一种平静的状态,任何人都不会失之交臂。

我热爱罗平著名的油菜花,当然,我也热爱这幅图片中的场景,我相信,穿针引线的妇女可以活得更长寿一些,因为她试图在生活中寻找到更多的魔法,因为生活中处处是魔法缭绕着她。幸福的状态就是我们最平静的日常生活状态。让我引用纳博科夫这些醉人的句子:"在一片随意挑选的风景里——是在我置身于罕见的蝴蝶和它们食用的植物中间之际。这是迷醉,而在迷醉背后是别的什么难以解释。它们如同一片瞬息即逝的真空,我所爱的一切急驰而入。一种与太阳和石头浑然为一之感,一种感恩的震颤,它也许与之有关——感谢掌管人类命运的守护神,或迁就了一个幸福凡人的温柔幽灵。"为此,我沉醉在这一刻,在穿针引线中我也许会忘记一切烦恼。

笼　罩
（1997·弥渡）

我们可以把所有一切：孔雀开屏时的尖叫、乌鸦聒噪时的飞翅而来、颤抖在香炉中的烟雾、繁星密布的苍穹、大提琴不息的旋律、瞬间爬上我们前额的青藤、在酒杯中映现的影子、感到惋惜的相互接触……这一切都可以称之为笼罩。1997年，我刚脱离被一把雨伞笼罩的时候，转而我来到了弥渡。然而，透过这幅图片你依然可以看清从阴天过渡的色泽呈现出灰白色，墙壁、门前的小径还在潮湿着，这幅图片上的房屋笼罩着我。虽然我的行囊中有《追忆逝水年华》，这部书随同我的情绪张开又合拢。今晚我就住在里面，门已经合拢，你看到的是外部，看不到的是我在里面活动的踪迹。

所有乡村的电灯不会超过20瓦，所以乡村不适宜读书，适宜做梦。如果你躺在昏暗的墙壁之下，你尽可以做梦，因为节奏太慢，没有任何人要拉上你去追赶一个人的影子。当然，毛驴在叫、公鸡在叫、猪在叫……如果你一旦习惯了这一切，你只会睡得更沉。我所在房间的灯光不会超过15瓦，而且灯泡悬吊得很高。在屋顶上，我看见蜘蛛已经把白炽灯泡编织成了一只褐色鸟巢，它很容易让我想起树枝上的鸟巢，从而让我忽视了灯光的存在。然而我枕旁的书，精装本的《追忆逝水年华》触碰着我的脊背。

我被什么笼罩着，也许是《追忆逝水年华》，也许是把白炽灯笼罩，从而也把我笼罩的屋顶。我翻过身去，面对着墙壁，我依稀感觉到墙壁的另一边有人在低语，我肯定在我面对的墙壁的另一边有人睡在床上，无论是墙壁那边的人，还有墙壁这边的人都被什么东西笼罩着。终于，我发现了一束从窗口射进来的光，它竟然比白炽灯光亮得多。我翻开了书，还没等我阅读一行字，我又听见了驴在叫，它仿佛是因饥饿而叫，又仿佛是因梦魇而叫……它的叫声迅速地把我笼罩了，我把书合上。此刻，从窗口射进屋的光好像挪动了方向，离我远去了。此刻，我听见墙壁那边的人，好像是女人梦魇似的叫了三声，就像我当年阅读《红字》时的那种感觉。

一夜还没有过去，我刚合上双眼，又听见了声音，好像是老鼠，我太熟悉它们的叫声了。我发现，老鼠就在我睡的房间里，它们好像在咬噬屋角的一个粮食口袋。在乡村，到处都是口袋，每间房里都有口袋，村民们用口袋装粮食。

我想起了随身携带的一只手电筒，当我小心翼翼地把手电筒拿起来朝着我自以为老鼠活动的那个角隅射去时，我自以为手电筒的光束会令老鼠们措手不及。然而，光束尚未射出，我就听见了逃窜声，那并不悦耳的逃窜之声，令人垂头丧气。

终于，笼罩着我的夜晚过去了，天亮了。我奔出门外，站在这幅图像的中央，我知道还有别的东西和影子在继续笼罩着我们。

它们是《追忆逝水年华》，昨天夜里我始终无法阅读这本书，我知道笼罩我的还有乏味和拙笨，它们像是影子又像是鸟笼。我喜欢这幅图片中的宁静生活，如果置身在它的笼罩中的话，我也许会享受到苏格拉底在监狱中享受到的夜晚，那些隐瞒和揭开了生死之谜的夜晚，使苏格拉底毫无痛苦地吮饮到了有毒的美酒。

尚未消失的魔法时刻
（1983·晋宁）

我看见我的父母在墙壁下面跳着忠字舞的时候，我还年幼无知，然而，这样的记忆是深刻的，也许，从幼年时代起我就对任何文字充满了向往。在墙壁上那些文字的笼罩下，父母们同众多的男女在早晨的第一个时刻，准会自动地，几乎是积极地、充满深情地舞着，而墙壁四周的文字除了是毛主席语录之外，还有颂歌般的语言。我相信，那是一个真正的魔法时刻，因为所有的男女都会在同一时刻涌到墙壁下面，随着旋律响起。旋律是从强劲的喇叭中流动出来的，喇叭吊在墙头，比任何人的声音都亢奋，仿佛可以把黑的东西迅速地变红，把黑的东西迅速地变紫，把蓝的东西迅速地变成咖啡色。

我沿着墙壁在走,我的父母看不见我,所有的人都看不见别人,只看得见他们内心的神。那是一个雨季,我想雨季降临了,我的父母可以不再去跳忠字舞了。然而,仿佛上了闹钟,事实是唯一的闹钟已经寿终正寝了,根本就不会叫醒我们。然而我的父母准时地起床,往外跑,朝着广场跑去,朝着写满颂歌和毛主席语录的墙壁跑去。

而那个早晨,当我把头探出窗外时,我看见了大朵大朵的乌云,仿佛它们一碰撞,世界就会发出鼓一样的声音。我更小的时候随同父母经过一座村寨时,看见了一架真正的、货真价实的牛皮鼓,一个民间艺人长着浓黑的头发,那些头发尽管长满了虱子(那个年代,许多人都长虱子),即使隔得挺远,我也能看见。他疯狂地敲击着牛皮鼓,当时寨子里正在举行另一种祭祀活动,那是另一个早已变得模糊的魔法时刻。尽管如此,我依然记得那个长满虱子的敲鼓人,和那架发出雷霆般声音的牛皮鼓。

大团大团的乌云开始碰撞的时刻已经降临了,我匆忙地起床,然后开始寻找雨伞。我想,下雨了。我的父母还在跳忠字舞,我无论如何要给他们送去雨伞。当我抱着两把雨伞刚刚开始奔跑起来时,雷霆开始碰撞了,一阵一阵的雷霆把我吓坏了,使我跑到中途就停了下来。我感觉到了雷霆中的大雨已经哗啦啦地来临,很快就把我的头顶和外衣浇湿了。我站在屋檐下避雨时,朝前看去,其实我已经离跳忠字舞的人群很近了。然而,在雷霆和暴雨之中我却看到了一个令我难以忘记的、真正的魔法时刻:我的父母和众多的人,几乎没人跑到屋檐下避雨,只要喇叭响着,他们就永远不会离开旋律。他们在雷霆的轰鸣和暴雨的浇灌中仍然动情地舞着,每个舞者都像一只落汤鸡,每个舞者都拒绝中途逃跑。

这就是我记忆中的魔法时刻。1983年春天,我来到了晋宁,看到两个少年站在这堵墙壁下面说话,他们好像在互述秘密。而墙壁上的文字已经开始蜕变,它将不可避免地老化,正是因为这堵墙壁使我想起了我的父母和他们的时代,那个时代已经消失,今天的人再也不会跳忠字舞。然而,那是一种魔法:当一代人可以忘却雷霆在天空中的轰鸣,可以不顾暴雨的肆虐忘情地投入到一种旋律之中去时,我想,他们已经被魔法罩住了。

而图片上的两个少年,站在写满标语的另一个时代的墙壁下,开始设置他们自己的魔法时刻,这就是蜕变。

或阴影,或忧愁
(1988·呈贡)

阴影在1988年春夏之间,从这个妇女的身后升起来,这是一个瞬间的阴影,用不了多长时间,阴影就会朝后或朝着四周移动而去,这是事物的规律。而忧愁,那种淡淡的忧愁显露在一个普通妇女的脸上,使我记住了1988年这个妇女的脸。保存这幅图像的时间也没有改变这种忧愁,而阴影依然在妇女身后笼罩着她。然而,图片上的那一大片阴影已经从妇女身后移动出去,这是一种我想象之中的移动。

有一片无法消除也无法移动的阴影,它此刻在埃德加·爱伦·坡的小说中出现了:"既没有人进去过,也没有人出来过。"我现在要讲述1988年春夏之间与阴影有关的故事。离开了图片上这个妇女之后,我很快上了一辆马车,我要去的地方没有汽车,只有马车的辙痕展现在外。我盯着那些辙痕不放,因为我判断出了这是马车的辙痕。我已经经历过与母亲一次又一次的迁徙,在过去的迁徙中,我们的交通工具百分之百是马车,我几乎是在靠近一道马车的阴影时也同时感觉到了阴影在移动,即移动中的阴影正带我去另一个陌生地域生活。不安定的生活给平庸的人带去了新的沉落,给充满幻想的人带去了眺望新生活的姿态。

我站在一道道辙痕之中终于听见了马车的声音,现在想起来,马车的声音和马的呼啸声融合在一起向我的影子移动而来时,我知道了这是充斥在我个人生命中的宿命。当马车停在我身后时,我回过头去,看见了那个妇女身边的阴影已经在移动,而因为距离,我并没有看清楚妇女脸上的忧愁有没有在移动。时至今日,我仍然弄不明白为什么可以看见阴影在移动,却无法看见忧愁也在移动呢!

马车,1988年春夏之间,那辆亲爱的马车远远不是一辆18世纪或19世纪英格兰贵族时代显示各种身份的马车,它只是一辆乡村的马车,然而却载着我,赶马车的车夫从一开始，我就没有看清楚他的脸，他戴一顶草帽，帽檐很低，就像我站在山冈，看到一片低低的云朵覆盖着山冈，使我看不到尽头。自始至终我都没有看见车夫的脸，而在中途我却下车了，因为我看见了另一座村庄。

那个头戴草帽的车夫的脸，在记忆中，无法看见，他让我搭了一段路，证实了泥路上涌现的辙痕，可以让我看见一辆马车的降临，使我的人生积累了另一种经验：也许没有多少人珍惜这种经验，然而对于我来说，就像我已经看见阴影在移动，忧愁变得模糊一样，马车留下的辙痕以及马车降临的故事，逐词逐句地解释着我身体中所经历的故事。

阴影降临于我身旁，我毫无畏惧地站在阴影一侧，就像一个恋爱者紧贴着他们的爱侣。而那个妇女经历的忧愁生活长期以来与我的心灵配合默契，虽然影响过我身体的健康和对于天气、微风的享受，然而，当阴影移动时，我的忧虑也会变幻莫测地从我身体中逃逸出去。因而，我深信，挂在这幅图片上这个农家妇女脸上的忧愁是短暂的。她所经历的一切人世的变故在我们的生活中都难以逃劫，这个幸福的城池中央有着阴影也有着忧愁，这是命定的享受。

萎靡

（2000·剑川）

一座房屋就像人的身心一样也会进入萎靡时期。2000年，在剑川，听见木匠们的锯声时，同时我也看见了眼前这一座活生生的，散发出萎靡气息的老房子，无人说得清楚它的主人们迁到哪里去住了。它的萎靡已经日久天长，无人去解释它，也无人去推翻它的存在。尽管它占据着一块地皮，尽管这地皮在我们时代的乡村已经越来越珍贵，然而还是无人敢去拆迁它。

据蹲在墙角晒太阳的一个老人说，早就有人在窥视这座老宅，然而人们之所以无法去推翻它，是因为鬼魂的存在。在几个朋友的带领下，我们还是推开了这道门，锁已经生锈，失去了功效，它已经无法锁住里面那颗萎靡不堪的灵魂。

呈现在眼前的是一种经久不衰的问题，人离开后从屋顶和时间中抖落下来的灰尘。屋子里几乎都是空的，但屋角有一床已经发黑的棉被，没有被套，剩下的是棉絮。时间亵渎了洁白的棉花，捧在我手心中央的一团棉花，曾经是世界上最为柔软的一种洁白，而此刻，它变黑了，只有时间会加深它的变黑。我们脱离不了时间，时间主宰着我们，乃至主宰着棉花的命运。

迁徙的主人们抛下了这床黑棉絮，然而却留下了气息，那是被旁边的灶台冒出的烟所熏过的气息，那是主人们身上的气息，那是日久天长以来无法清除的像烟灰般的气息，只有它留下来了，它就是一团萎靡。我盯着这床棉絮很长时间，看着它，我感到夏花之灿烂正在凋零，美妙的魔法施展不了把黑的东西变成洁白的、纤尘不染的东西。棉花失去了催我们入眠的效力，这难道不是最大的萎靡吗？

除此之外，我发现了一把菜刀，锈迹斑斑地躺在一侧，如果我不是细心的人，那把菜刀对于我来说，只是一堆锈器而已。然而，这确实是一把菜刀，我不顾它的锈迹，拎起了它，我产生不了美妙的蔬菜的回忆，产生不了对红色西红柿、紫色的茄子、绿色的小葱的回忆，因为这是一把充满萎靡的菜刀，它无法表现出厨房中的生活状态，它令我感到忧伤。

我看不见人们传说中的鬼魂在里面，我看到的就是萎靡，每扇窗户都已经开始腐烂：大量的看不见的蛀虫开始蔓延在木料中央，所以，当我开窗户时，我的指尖敏感地从窗台上触到了木灰，这是另一种萎靡。

里面，通向最里面的一间房里时，我看到了一张床，没有床板，只有四分五裂中的床架，它已游离它主人的肉体，结束了承担主人进入梦乡的职能，它已经失去了床那温馨的功效，而且灰尘已经瓦解了它，这就是床的萎靡。

我们把门再次掩上，然而无法全部合拢的门已经撑开了巨大的缝隙，总有一天，勇敢的人们会亲自推翻它，也许迁徙离开的主人重又返回故里时，主人会推翻它盖一座有前花园和后花园的屋宇，那是另外一种灿烂。也许，只有它可以对抗老宅中那种巨大的、潜伏了很长时间的萎靡。

无处不在的萎靡，我们生命中曾经有过的萎靡，离我们而去的萎靡，现在却左右着我，然而，我会把它埋在过去的地方，或者轻柔无声地把它抛弃。

来自图像的变化
（1997·丽江）

映现在墙壁上的这幅毛主席图像，很显然已经模糊了，模糊不是来自人为的力量，而是来自时间的力量。当然，在人的力量中我们有着如此多的失误，没有让图像再度清晰起来。变化是每时每刻产生的，我寻找到了收藏在抽屉深处的毛主席的像章。令我惊奇的是，即使我用异常柔软的丝绒布包好了它，并在抽屉里装有防腐剂，然而，这个然而包括事物的逆转性，当我打开抽屉的时候，我听见抽屉掩饰住了我的激动。然而，当我打开的是一块金黄色的绒面时，我明白了：有些像章已经开始在变，有些油漆好像不是很快地脱离，而是小心翼翼地，在我们睡觉的时候，忘记它们的存在时，才脱落。

这些像章首先来自我父亲，是我父亲最早收藏了它们。在我父亲逝世以后，我们发现了一系列的没有时空可以悬挂在我们现实生活中的毛主席像章，它被我的母亲置放在一只上了锁的抽屉里，这是一种神圣的守候和收藏，尔后，我和我的亲人便带着毛主席像章到了省城生活。

然而，有些像章也许是因为做工精致，竟然没有一点儿变化。我依然再一次用金黄的绒布把像章一枚一枚地收藏好，作为历史，也作为我们心灵中的历史。我的行为充满了温馨。

1997年的丽江，我在雪山下面的村庄中走着，好像没有任何目的，在寒风习习的村庄我突然看见了这幅图像的变化。我更愿意把这幅图像称为镶嵌在墙壁上的肖像。整堵墙壁都是图像的镜框，人们设计出墙壁是为了让世界有条不紊地充满距离和界线，因为人们只有在设置好与世界的距离和界线中，才能忘情地去寻找生活中的乐趣，并热忱地寻找到各自的秘密。而就在这一堵堵墙壁上，人们寻找到了镶嵌的最好地方，毛主席的头像和全身便在那样一个年代，可以出现在极其边远的，异常贫瘠的地方，因为在那样一个年代，毛主席的光辉形象可以鼓励我们战胜困难，可以像光芒一样笼罩着我们的任何一种日常生活。

在这幅图像的周围，文字已经基本上看不见了，我站在图像之下，我显得很渺小，我依然能够感觉到毛主席的光辉形象，毫无疑问，他是一个伟人。然而他就像一个神话故事一样已经被我们收藏在记忆中。

图像的魅力四散已经开始变化，我离开时，一个村干部拎着一桶石灰水朝着墙壁走来，接着扛梯子的村干部接下也来了。梯子靠在了墙壁上，拎着石灰水的村干部正登上梯子，他举起一把刷子，我看到了石灰水已经开始涂改着墙壁，我知道任何文字也好，图像也好总有一天会被篡改，因为历史在前进，历史是在篡改中前进的。年轻的村干部们正在举起刷子，上面是清新的、白色的石灰水，用不了多长时间，墙壁上的图像将被石灰水彻底覆盖。村干部告诉我们，他们将利用墙壁开辟科技宣传栏，并且定期做下去。

清新的石灰水就像一阵风从我身边轻扬着，转眼之间，一面墙壁已经变白了，石灰水所占领和覆盖过的那种白，是一种纯净的白色。历史的图像却依然保留在我的记忆深处,我想,我会在历史的一次又一次变化中,回忆图像在我们生命中所激起的波浪之花。

失忆者的水槽
（1984·丽江）

很显然，人们开掘并发明了水槽，是为了饮水，是为了让水源离自己越来越近，因为我们的生命从一降临于人世间的那时起就发出了声声啼哭。毋庸置疑，孩子的任何一声啼哭都意味着口渴，孩子的口渴是为了寻找到母乳，而我们的口渴则是为了寻找到水池。当人口渴时，世界上的任何事情都变得不重要，为此，1984年，当我感受到一阵又一阵难以忍受的口渴降临时，我再一次开始寻找水源，哪怕是一条溪流或一个水瓮中的水也好。然而，我所到达的地方是一座孤零零的被抛弃的老房子，我怎么也无法寻找到解决口渴的办法。

在这道水槽里，我并没有寻找到水，相反，我寻找到的则是干枯的一道水槽，已经散了架的水槽，就像失忆者的一道水槽，折磨着我更加口渴的同时，也在磨炼着我的想象力。水槽的干裂之声就像我们口渴时身体的难以忍受一样，然而，我深信，这道水槽不是天生就变干裂的，在现在以前，它就是一道水槽。

现在以前：这座老房子里住着一个牧羊人，他赶着一只山羊和一只绵羊离开村庄时，他就想他一定会繁衍出更多的山羊和绵羊来，他为此选择了一块牧羊坪，也就是我现在所置身的这块山地。牧羊人盖起了简陋的房屋，这幅图像上可以依稀看出牧羊人住过的房屋，简陋到何等程度。它的简陋恰好说明了牧羊人筑起的是灵魂之家，水槽是主要的，因为住在这里，离水源很远。现在我明白了，牧羊人为什么要有水槽，因为要越过这面山坡，才可以看见水源。

我后来在异常难耐的口渴中终于接近了水源，当我把头颈朝水源伸去时，仿佛把头颈伸进一个蜘蛛巢中去织网。只有当我解决了口渴的问题之后，我才可以继续熔炼我对牧羊人生活的另一种想象力：取水到水槽的过程对于牧羊人来说是在一个清新的还没有空气醒来的早晨，开始生活的过程。牧羊人把一天的水蓄满之后,就会吆喝着羊圈中的山羊和绵羊,这是他驱使时间的方式,是他把自己消失在大自然面前的方式。

傍晚,牧羊人赶着一群山羊和一群绵羊回来了,口渴至极的牧羊人回到水槽前的第一件事就是饮水,生活极其平静地讲述着一个简单的故事。牧羊人老的时候,山羊和绵羊们便失散了,然而,牧羊人死了,水槽开始干枯裂变。我看到的就是这样,失忆者的水槽此刻再也无法蓄水,我站在了牧羊人放牧的山坡上,我在微风荡漾中嗅到了山羊和绵羊交媾时的气息,我同时也嗅到了清新的潺潺流动的水源,它出自一个令我们辗转反侧的山洞边缘。水源来自我们的心灵,被我们的心灵所利用,这是我们解决口渴的秘诀。

1984年,我发现了裂开的水槽,同时也发现了每个人都携带着自己的水槽,不住地蓄水就像每个人的身体都拥有一个蓄水池一样。忧伤的阴影,焦渴的身体旁都有我们的水池的影子存在。我从山上下来,我想起独角兽的搏斗,我想起了蜂群酿蜜时的飞翔之路;我想起了花粉、甜蜜;我想起了口干舌燥的辩护词,这一切都因为我们有了水,而且生命无法离开水,一旦离开水,我们就会死。

真正的无忧无虑者在何处

（2000·罗茨）

2000年秋天的罗茨，我感觉到了这幅图片中的孩子们扑面而来的无忧无虑，他们站在黄泥土路上，有的眯着眼在笑，有的在做鬼脸……展现在我眼前的这幅图像，使我不知道自己的童年生活会不会重新倒流。

让我讲两个童年生活的小故事，因为它与无忧无虑的心境有关。第一个故事来自我四至五岁时，我的保姆在不停地追我，因为我竟然挟裹在大人们中间，坐在永胜县民主广场的中央，观看着一场审判大会。那些头皮发白的人将被押往刑场，我根本不知道刑场是什么，罪犯意味着什么？我只看见警察们的枪抵住了他们的后背，我只是凑热闹而不知道这些犯人们就要被送进地狱了。我看见我的保姆费玉珍大娘站在广场边缘,无奈地盯着我。后来费玉珍大娘终于追赶上来,把我从人群中坚硬地拉出去,威胁我说:"你不怕死,我就用绳子捆住你。"她一边说一边从围腰上拖出一根纤细的绳子,那好像是用来晾衣服的绳子,又好像是用来阻止我们犯错误的绳子,总之这样的绳子在我们的生活中经常跳跃着,而且出现在一些大女孩的跳绳游戏中……我好像害怕了,也就是说我并不害怕即将被押往山冈上行刑的犯人,因为我压根儿不知道死亡,我还不知道死亡的滋味,然而,我却了解绳子带来的奴役,也许这就是我无忧无虑的证据之一。

第二个故事来自石榴,它和一个疯女人有关系。这个曾经被我一次又一次地写在语言中的疯女人,她有着高高的前额、晶莹的明眸,她疯了。她像孩子般无忧无虑地跳着舞,一种由她即兴编出的舞,把整个小镇笼罩在其中,每个人都摇摇头说:她疯了,她就是疯了。疯了的她可以赤裸着腹部,她的腹部就像起伏的旋律,随同她的脚在舞动。那个时候,院子里有一棵石榴树,正是石榴树结果的时候,我抱着红色的石榴在她身边走来走去。这是我的童年生活,小镇太小了,无论我们的游戏生活在何处展开,总会看见她。有一天，我把我的石榴给予她，那是我看到的她最快乐的时刻。她很快就剥开了那个石榴，她并没有品尝石榴，而是把石榴的粒一粒粒地放在手心，开始数数，不断重复地数数，证明她确实疯了，也证明她进入了无忧无虑的状态。这种状态使她终有一天掉进了小镇的一口水井，人们把她从水井中捞起来了，我并不知道她已经死了，我只是认为她已经睡着了。我又一次把我怀中的红色石榴放在了她怀中，作为我献给一个疯女人的红色石榴，它证实了我对死亡一无所知，这个故事每一次回忆起来，都让我忧伤不已。

这两个小故事记录了真正的无忧无虑者的生活。而图像中的这些男孩们正生活在他们年龄中的无忧无虑之中。2000年秋天的罗茨，我的眼前出现了一棵石榴树，但树叶已经落光了，一个男孩正爬在枯枝上，寻找鸟巢。他才四岁，却已经发现了鸟巢。然而，他的行为使我又一次发现了真正的无忧无虑者们，他们正在通过无忧无虑而成长，终有一天，他们会长大，就像人会中毒一样。人生活的意义在于经历时光对我们的奴役。那些正在黑夜中的成人们，试图在天亮以前寻找到美梦，在天亮以后出发，这就是人生的意义所在。

一个人和墙上的影子在一起
（1984·巧家）

偶尔走进这个区域，又一次看见了墙上的影子和一个人的影子——这个下午表现出了滇东北土墙上的裂纹，它纤细，仿佛来自我们手掌上的密纹，这个下午，我的心忐忑不安，因为一路上经过的地方太荒凉，这种荒凉甚至让我寻找不到埋葬一只鸟儿的潮湿的土地，终于看见了土墙，已经裂开纹路的土墙，我的心似乎在寻找着所有的细节，对于我来说，寻找到一种细节，无非是寻找到人与物编织的现实生活而已。

而一旦当我与细节对峙时，我又会显得忐忑不安，因为人在面对细节时就像是面对遭遇，比如，这堵墙，我从它已经裂开的编年史上分享到了日月对它的笼罩，时光对它的摧残。它的遭遇就在沉默的裂纹之中，就在那道欲罢不能的暗影之中。而一个人，他的头像散布着另一种遭遇——我卷进了他的命运之中，在一个异常贫瘠无边的山冈上，有着这样一堵土墙和一个人的头像——在这样的遭遇之中，我似乎辗转在梦魇这个词语之中。

然而，明朗的云层是多么美妙啊，在这样一个时刻，怎么会有梦魇在我灵魂深处回荡不息呢？我在1984年基本上是一个畏惧梦魇的女孩子，也可以这样说：会让梦魇淹没的人。当我抬头看见这个人和一道阴影、墙壁上的裂纹在一起时，我知道，现实是无法改变的，这就是我所看到的一个现实。

就像遭遇源自梦魇深处一样，我想讲述一个儿时的梦。那天晚上，我总是看见马车，马车不顾一切地驱使着我梦中迷惘的黑暗，接着，我被魇住了，我尖叫了一声，我从梦中醒来了。三天以后，我和小伙伴在山冈上看见了一辆马车在呼啸似的狂奔着，不顾一切地狂奔着。那辆马车很快就跌入了深渊，这就是梦魇中的一种遭遇，它让我活生生地体验到了遭遇降临之前，必有梦魇提前降临。这个故事太阴郁了，让人们尽快地忘记这个故事，让作为读者的你陪同我来看看我所置身的这个地方，除了**梦魇**或**遭遇**之外，我还看见一种乐器，你无法在这幅图像中看见乐器，因为乐器正在一架火塘旁边，在烟雾缭绕之中呈现而出。

我在黑暗中看着火塘时，看见了老人怀抱中的一种乐器，我从来都没见过的一种乐器，如此简单。而在暝色四合院中，在火焰朝着我们散发出温暖的气息时，我产生了一种倾听音符的欲望。

终于，面对着一堆堆烧烤的土豆以及散发出来的香味，老人开始吹奏乐器了，当他用嘴靠近乐器时，我知道：另一个人的遭遇即将从音符中倾泻而出。不错，我很快看见了荒凉的山冈上被微风扬起的尘埃以及浇灌这个老人身体的溪流，那是他梦寐以求的溪流，而事实是我从山冈上经过时，在荒凉中我从未看见过任何一条溪流。一个老人的遭遇——激起了诱人的梦中音符，他就置身在这幅图像中的墙壁之中，这就是他的生活。

留下这帧图像的1984年已经过去，保存我梦魇的时刻已经轮转不息。回首往事，我此刻正坐在三个插满了橙色的百合花的花瓶之下，这是我此刻的难以言喻的遭遇。我期待着有红色的绒毛编织的、幻想般的、诱人的音符会降临于我。

焦渴和悬念之门
（2000·永平）

在《神曲》中见到过的但丁的门，是打开天穹的一道又一道拱门。但丁经历了各层地狱和炼狱之火的旅程，终于在满布尘埃，臆造出来的天国之路上遇到了美丽的神秘的贝雅特丽齐。我读《神曲》的时候仿佛一次又一次地走到了但丁打开天穹之门的门外，在门外徘徊不息，不知道是应该走进去，还是应该走出来。

2000年的永平，我站在一道又一道门外，我情不自禁地想起了《神曲》，当我第一次阅读这部史诗时，我19岁，在一个像是被阴郁的面纱紧紧裹住的小县城生活。那时候书籍的贫瘠就像荒凉一样左右着我们的身心，然而，我仍然得到了一部《神曲》。但丁不顾一切地追求着贝雅特丽齐。不久之前，我再次读博尔赫斯的随笔，他写道："对于但丁，贝雅特丽齐的存在是无穷无尽的。对于贝雅特丽齐，但丁却微不足道，甚至什么都不是。我们出于同情和崇敬，倾向于忘掉但丁那刻骨难忘的、痛苦的不和。"

所有与贝雅特丽齐的见面都是但丁作为诗人幻想出的一幕又一幕邂逅，然而，正是这种幻想为世世代代的阅读者带来了焦渴和爱。此刻，我站在这幅图像中的一道又一道门外，它显然不是但丁幻想过的通向天穹，从而打开通向贝雅特丽齐的大门。

然而，这些敞开的门让我游离着，由于夕阳临近时的光泽慷慨无边地笼罩着它们，我知道此刻的我同样带着巨大的焦渴想走进门环之中。这些乡村世界敞开的门，如果被诗人但丁写在《神曲》中去，会产生一种什么样的悬念呢？但丁创造了伟大的悬念之谜，那就是不可捉摸的、神秘的难以隐现的女人贝雅特丽齐的存在之谜，从而创造了永恒的焦渴和悬念。

我站在门外，常识告诫我们：世界每天是新的，太阳每天都从地平线上隆重地、庄严地升起。这就是悬念的开始。所以，我怀着难以言喻的焦渴之心，想寻找到这个世界的某种悬念。语言撞击着我,不如说是一个不可知的悬念之谜有待我去解决。但丁祈求道:"啊夫人,你是我的希望所在,我祈求你拯救我地狱中的灵魂……"这是但丁的祈求,而我此刻祈求道:让我历尽一道又一道门的笼罩之后,寻找到我怀抱的一丛鲜花,它就像是玫瑰花,我只能说它像玫瑰花,而不能肯定它是玫瑰花。

那是旧日的一个场景:我和我的家人刚刚坐在小马车上,历经了几十个小时的晃荡,终于来到了一座小镇;那是黄昏,那一定是但丁所臆想过的一片黄昏:因为树枝尖头的一个石榴已经由红色变成了褐色,顺着枝头摇曳的是斑斑驳驳的幻象。我从马车上下来,我已经习惯了上马车、下马车,即上马车时意味着我们要去一个新地方了,而下马车时,意味着我们抵达了暂时的目的地。我达不到但丁动人心弦的境界,然而,当我拎着一只箱子,朝着暮色走去时,我感觉到了一种异常的心慌意乱:朝着我敞开的一道木制门虽然已经斑驳,却在暮色中显示出了一条幽暗无边的小径,或者说巧妙地显现出了我的邂逅,尔后我就看见了门外的一条小河,门外的一棵石榴树,这就是我的邂逅,我的焦渴和悬念之谜。

我迷恋任何转瞬即逝的事物
（1992·富民）

上午和下午的色泽完全不一样，1992年的一个下午，我的影子又来到了富民，昆明的邻县。然而在我看来却距离昆明于遥远之中，从这幅图像之中你就可以完全清晰地窥视到在一座大城市不可能保存有碾石、泥路、土坯屋。我着迷于这个世界，是因为它是具体的，它的具体溶解在尘埃之中，所以，它就在眼前。

石碾是表达出轮转的圆形符号之一，不知道为什么，看见了这只已经废弃不用的石碾子我似乎就感受到了一种轮转不息的旋律。而在这旋律之中，我往山坡上去时，我看见的是满山遍野的桃花。很显然，桃花会让我回想起一系列的桃色故事来，所有的桃色故事都是灿烂的，也是短暂的。下午，被下午三点半钟所笼罩的时刻，我偶然地看见了一对私奔者，藏在桃花的山坡上，男人拎着箱子，女人也拎着箱子。看上去，他们的私奔是突如其来的，因为我看见了他们的慌乱，他们似乎走了很远的路，终于发现了一片桃园。看得出来，他们来自一座小城镇，他们的衣饰不像是大城市的人的衣饰。他们匆忙地蜷进桃色之中，这是一种轮转，它让我想起了废弃在墙角边的石碾。人是在辗转之中改变自己命运的。

站在桃花坡上的那对男女，好像已经看见了我，为此他们松开了拥抱。然而，他们害怕一个陌生人，因为他们已经辗转出了原来的地方，他们很快又恢复到了原来的激情燃烧之中，桃色很快就笼罩了他们。

下午，被下午四点半钟所笼罩的另一个时刻，我看见那个男人从桃花坡上走出来了，他看上去很迷惘，听口音，我感觉到他是一个外省人，他迷路了，不知道附近多远才能寻找到汽车站。一个老人告诉了他到汽车站的路线，很快地，他便和那个女人从桃园中消失不见了。这个故事与这幅图像并无关系，我只是看见了石碾，便想起了轮转不息的变异。

下午五点半钟，我离开了这幅图像的所在地富民，朝着省城奔驰而去。1992年，对于我来说，我的境遇像装在一只幽深的没有打开的盒子里，在很久以后，我才读到了于连、罗曼的几句诗："我已四十岁，我写了许多书。我有好些诗句，比蜂巢中的蜜蜂还多。他们出发了，他们将有什么险遇？他们喜欢流浪，夜晚帮助他们生活。"

我结束了一个下午，回到了房间。1992年我的房间不足八个平方米，然而，在那间小屋中，我感到满足至极，因为我的内心总是有辗转不息的生活发生着：比如我带回了这幅图像，带回了富民乡村的一个石碾，它在我的并不宽敞的房间辗转着。1992年，我显然离于连、罗曼所言及的四十岁还很遥远，我呼吸着，像一只小虫一样讲述着它充满历险生活的快乐。我想到了那时私奔到桃园中的男女，一对遥远的外省人，他们有没有辗转到他们的天堂之地，他们如今有没有彼此守候在一起。我知道，这些问题不可以被我追问，却经常被我追问着。

一个下午，一个发生在1992年的下午的故事，它从寂静中给我带来了回忆。桃花是灿烂的，犹如女人的18岁一样灿烂，正是因为如此，我迷恋任何因灿烂而转瞬即逝的事物。

蓝色、黑色、褐色
（1994·宾川）

蓝色：我们看见蓝色时通常与天空有关。在一个静得只有蚊虫飞袭我们的小世界里，我们开始了一场野营拉练。那时候我上初二，刚进入12岁，我们来到了程海，当地人也称它为星湖，即沉落繁星的湖泊。我们在湖边露宿的时刻就面对着苍穹，在这之前，我从未一夜失眠过，在这之前，我从未面对蓝色天空躺在地上。旁边是我的校友们，他们一动不动地躺着，巨大的苍穹罩住了我们，我们沉浸在蓝色的繁星之间，没有一个人投入睡眠的怀抱，好像从这个夜晚开始，我就开始了一生中十分漫长的失眠症生涯。我生活中经历了蓝色，这是我失眠的最大原因，我失眠了，这是一种从未有过的体验。如果人这一辈子从未感受到失眠的滋味,你怎么会品味那苍穹把你笼罩在其中的无边无际的欢娱呢?那是一种摇曳状态。此后,蓝色和阴影结合在一起,实现了它的魔法:把我抛在一顶帐篷之中,我住进帐篷,只是为了看见天空。如果我不想睡在帐篷里,我就掀开帐篷的一角,以我个人的角度来仰望天空的蓝,及繁星们密集变化的风格,直到我的肉体闪烁着黑色的条纹。此刻,我进入了我的黑色时期。

黑色,我五六岁到八岁之间的一种过渡色,那些时间里,我不时地划着火柴,因为母亲的工作关系,我得不停地划燃火柴点燃柴块。我当时守着一个火炉,里面的暗道是我一生中看见过的不可以错过的一种底色音符,它在我刚点燃火柴的那一瞬间颤抖,它通过火焰把黑暗映衬着。如果我没有学会划燃火柴,我就不可能看见黑色,它不可能是夜晚深处的那种黑。只有在我划燃火柴之后,点燃纤细的柴块之后,我才能窥视到在燃烧的火焰中演奏着黑色的旋律。从那一刻开始,我想我已经开始在火柴的笼罩下,真正地成长了。从火柴到褐色的阴影之间的距离,到底有多远,我也不知道。悦耳的旋律响彻耳边时,旁边有一道道褐色的阴影。在那个世界上最为寒冷的冬天,我戴着黑色皮手套，穿着黑色皮外套，我在电话中听到了一个现实，我的一个男朋友，一个不可以成为未婚夫的男朋友，一个永远不可能成为我姻亲生涯中的男人，一个跳民间舞蹈的男人，在他结束了舞蹈生涯以后的15年之后，被放进了一口黑色的棺材之中去，再也不会透过雪山之下的距离，给我写信了。一个男朋友就像我父亲的死亡一样结束了他生前的生活状态。

褐色悄无声息地使我陷入了可怕的颓废之中，它们像是一种被雾气所编织的图案。而在我旁边，许多幼芽正在破壳而出，它减轻了褐色所带来的，一种可以插入我历史中的阴郁的美。它使我怀着多少有些仁慈的心情守候着那些幼芽，开始了别的生活。1994年，我来到宾川的时候，蓝色、黑色、褐色结合在我的眼前。就在这堵墙壁上，蓝色在顶端，它靠近天空；黑色在中间，就像一架庞大的时钟敲响；而褐色，我们生命之中的褐色，仿佛正从储藏室里移动而来，带着一群老鼠的暗影……

三种颜色仿佛都在暗自窃笑：因为在它们的笼罩之后，我们如此鲜明地感受到了生命的美妙就在色彩互相编织的时刻，已经时过境迁了。

一个盲人带领我经过了此地
（1993·晋宁）

在没有看见这个盲人之前，我认识了写《奥德赛》的盲诗人荷马，还有写《失乐园》的盲诗人弥尔顿，还有到晚年才开始逐渐失明的博尔赫斯。我在他们失明的写作世界中看见了绚烂的语言。1993年初夏的一个时刻，我经过了晋宁，当我看见一个盲人的背影之前，我并不知道他是一个盲人，因为背影无法告诉我他眼睛的现实状态，因为背影掩饰住了他的失明。不过，很快，我就在明亮的光线中看见了一根手杖，毫无疑问，这根昏暗的手杖让我感受到了他眼睛的黑暗。

失明意味着黑暗，然而把幻想汇集成清澈河流的博尔赫斯却在黑暗中看到了另一种现实:"让写在虎皮上的神秘和我一起消失吧。见过宇宙、见过宇宙鲜明意图的人,不会考虑到一个人和他微不足道的幸福和灾难,尽管那个人就是他自己。那个人曾经是他,但现在无关紧要了。他现在什么都不是,那另一个人的命运,那另一个的国家,对他又有什么意义呢?因此,我不念出那句口诀;因此我躺在暗地里,让岁月把我忘记。"这就是永恒的、不朽的博尔赫斯的声音。

接下来,我不由自主地被盲人的手杖牵引着,毫无疑问,这个使用手杖的人就是盲人,因为我看到了手杖在摸索,上帝把手杖递给了丧失光明的人,是为了帮助他们消解黑暗。而此刻,即使明朗四射,然而,我感知到了,盲人的手杖在隐秘地朝前摸索着,我就这样跟着一根手杖的影子渐渐地接近了一座村庄。

这明澈的被火和幽暗包裹在其中的村庄,现在却被阳光辉映着。进入村庄的路对于盲人来说并不是一个拐弯抹角的,或者说一个堵塞着黑暗的世界。这一切都是我从他的手杖中感受到的:因为手杖突然间变得流畅起来了,犹如水中笔直的波浪涌向笔直的尽头,犹如一个人身体中涌现而出的语调，概括了一个人心灵中最准确的谜底深处。所以我好像已经感觉到了盲人的家就在前面，就在前面的不远处。

于是，在我们尚未到达之前，我抬起头来看到了一座又一座老房子，这就是盲人用手杖慢慢摸索到的家。手杖好像变得轻快起来了，在我前面列举的几个盲诗人的作品中虽然充满了幽暗的抚摸。然而在更多时候，盲诗人们幻想到的色彩比我们在现实生活中看到的色彩更缤纷，因为幻想是无限的。

所以，博尔赫斯写道："我用了漫长的年月研究花纹的次序和形状。每个黑暗的日子只有片刻亮光，但我一点一点地记住了黄色毛皮上黑色花纹的形状。有的花纹包含斑点，另一些形成腿脚内侧的横道，再有一些环形花纹重复出现，也许它们代表同一种语言或同一个词。不少花纹有红色边缘。"这就是渐渐丧失了光明的博尔赫斯的另一个世界。

此刻，一根手杖与一个乡村盲人在一起，渐渐地已经靠近了这座村庄。我跟随着这个盲人，看见了他所看见的世界：老虎皮毛一样金黄的颜色覆盖在墙壁上，已近眩晕的金黄色让我感觉到我似乎已经触到了虎豹那金黄色的皮毛，而盲人似乎走得更加欢畅起来了。尽管我没有看见他的脸，然而我知道，他的内心一定充满了这些金黄的色彩。

被遗忘的一个角落
（1984·昭通）

昭通，一个被遗忘的角落，它的大山包乡，一个距离读者的你最为遥远的地方。我渐渐地被一种乐器的声音吸引着。1984年，盘踞在我心头的大山包乡出现在我眼前，首先我渐渐地感觉到了冷，我一进入昭通就被冷包围着。然而在一个寒冷的冬日，我却已经接近了一种乐器的回荡起伏之中去。渐渐地，出现了二胡，出现了拉二胡的一个男人，我想，在我未看见他之前，他一直在手执二胡寻找着生命中除了枯燥之外的另一种回报。很显然，他所置身的角落是大山包乡最远的一个角落。

我们对角落的了解只限于我们所看见的一种狭小的世界，比如：移动在我眼前的一道屏风可以形成一个角落。

再比如，拥挤之外的一片黑暗的光影之中，我们可以形成一个小小的角落。然而，想象中的心灵却无法伸及另一种角落的遥远：在大包山乡朝西，你就可以看见这座孤零零的土坯屋，你就可以看见一个拉二胡的男人坐在土坯屋外。在这个角落深处，我看见了无垠的地平线。这个手拉二胡的男人，为什么孤零零地住在这里，解出这个谜的办法很简单。

解出这个谜的办法是靠近他。在人类这个巨大的摇篮里，每粒沙子落下来融入了次序和河流世界，每个人都在这个世界上寻找到自己的身份，每个个体一隐现，身份即套在他身上。我们都是套中人。既然如此，我们都会寻找到自己的身份，所以，很快我就知道了这个手执二胡的人的身份，他之所以住在这座孤零零的土坯屋中，是为了守候庄稼。这真是一个世上最为简单的谜啊！渐渐地靠近他时，一群母鸡的欢叫声融入了二胡的旋律之中，我知道在一个又一个沉寂的夜晚，世俗生活环绕着我们的梦乡，而白昼一旦来临，我们的世俗生活又变成了现实，母鸡们欢呼着环绕着守候在庄稼地的男人。在这里，守候庄稼的男人怀抱着二胡，看上去他并不孤单。他告诉我每一个轮流来山地守候庄稼的男人都会拉二胡，这二胡是每个男人的乐器。

他快乐地讲述着大包山乡的这个小小角落的故事，我站在他身边，感受到了一种有趣的快乐。当我们历尽了漫长的年月来研究生命的问题，才渐渐知道：所有生命的问题都来自我们身体中的情绪，而产生情绪的则是灵魂。

有很长时间，我寂寞地打发着时光，每当我的心灵开始生锈时，我知道我已经丧失了想象力，我很快就会接近死亡。每当这样的时候，我就会溯源而上，回到我曾经去过的许多地方，比如，这个被遗忘的角落，一把二胡被男人们轮流演奏着。

火热的枫叶从我眼前纷扬而下，我想起了包围大包山乡的那种寒冷。当然，我很遗憾，我没有在烈日炎炎的时刻出现在那个角落。哦，那些烈日一定会让二胡演奏出热烈的旋律。

那是又一个让我领悟到现实和梦幻相掺的时刻，当我重新出现在大包山乡时，我再也寻找不到那座孤零零的土坯茅屋，再也没有看见那个手拉二胡的男人。那个夏日，庄稼在田里疯狂地生长着，它使我证实了一个真谛：所有的溯源而上只是回首往事的方式之一。它在消磨我们此刻的每一日、每一分、每一秒、每一夜。

我的身体曾经是沙漏
（1984·大理）

图片上的孩子们正在胆怯地制造游戏，而我正在旁边度着我 1984 年的青春期。不远处是洱海，在那个时期，我经常到洱海边去看望我的朋友们，那不是我最为颓废的时期，却是我失恋的时期。我住在洱海边的一座小旅馆里，除了想听涛声之外，是为了忘记一个人。

当我们想遗忘的时候，与孩子们交往无疑是一桩愉快的事情。世上所有的快乐都来自澄明，当我看见这群孩子时，同时也看见了绘在墙壁上的马恩列斯毛泽东的头像。然而，他们的头像在这之前，已经模糊了。

孩子们并没有被墙壁所笼罩，他们从墙壁下面朝着远处的洱海跑去时，他们清澈的、单纯的、快乐的情绪偶然间感染了我。我和孩子们开始了一场沙滩上的游戏。1984年的洱海边，堆集着厚厚的柔软的沙粒。我躺在沙粒上，鼓动孩子们往我身躯上堆沙。我闭上双眼，仿佛陷入了迷宫中央，希望我从一个又一个现实场景中脱身出来。或者我在祈求让我遗忘掉一个人给我带来的历史。

旁边是孩子们的笑声、吵闹声，他们好像已经进入到游戏的高潮中去了。他们忘情地堆集着沙。我能够感觉到他们手指的温度在我胸脯上舞动。我能够感受到沙粒越堆越高的时候，也在朝下滑落。当然暮色降临以后，沙粒已经完全盖住了我的身体。只有我的头露在外面。睁开了双眼，孩子们好像在静静地端详他们的艺术品，他们一动不动地跪在沙滩上，黄昏的波浪开始轻拍着沙滩……我开始遗忘着一个人，当然这个人的形象总是想伸及沙粒之中来触及我的身体。孩子们的宁静是暂时的，突然间他们开始摧毁他们亲手筑起的艺术品，他们摧毁它的速度当然很快。

那种快，让我感觉到了凉爽的滑动，仿佛我的身体已经变成了一只沙漏……不错，我的身体就是一只沙漏，我感觉到了沙粒从我身体中滑落出去。就在那一刻，面目不清的一些往事已经离我越来越遥远了。

有三个黄昏，我就这样躺在沙滩上，孩子们好像已经记住了我。第一天晚上离别之后，我们就约定了时间，第二天、第三天晚上见面。他们总是如约而来，我的身体刚躺下，他们的游戏生活就开始了。一次又一次地变成沙漏，让沙粒从我身体中滑落而下；一次又一次地和孩子们完成了一种游戏，使我明白了：我的一个游戏已经结束了，我应该遗忘它。当孩子们在第三个晚上开始将堆集在我身体上的沙粒摧毁时，随着朝着我身体滑落而下的沙粒，我已经记不清楚被我遗忘的另一个人的面孔。

孩子们帮助我完成了遗忘，我过了三天明澈而单纯的生活，将重新回到我的生活中去。我带走了这幅图像。就是在这堵墙壁下面，我看见了几个孩子。也就是在这里，我有一种预感：我可以遗忘一个人。

现在，那些往事重又回来了，我试图寻找到过去时代的那群孩子们，然而，这也是枉然。纠缠不清的梦幻一次又一次地无法确定我们的生活，我的厌倦满足了我对过去时代的遗忘，也许这就是孩子们明澈可鉴的另一种生活给予我的启发。

梯子和农具在一起
（1987·路南）

这是1987年路南的一座农庄，我潜入进去。一张金色的铧犁挂在墙上，旁边是一架梯子，再旁边是一个妇女。摄影师帮助我摄下了这幅图景。我现在已经进入了2003年的12月，再过几天就要进入2004年的新年了。我推开一扇窗户，我住在滇池路上的草海旁边，我似乎住在另一种风景之中，我把这幅来自1987年的图像放在读者的面前，而我自己似乎在面对另一种现实。

梯子和农具在一起，这是画面的图像。

而我似乎永远摆脱不了语言。小鸟不时地到草地上来衔草，有灰色的，有银色的，有绿色的，有红色的……这就是云南，万物在成长。我的语词总想表现出生活中难以表述清楚的那种含糊的细节，正是这一切命运的细节使我捉摸到了心灵中难以捉摸的东西。我坐在书屋中写作，我的心灵每天都像枝蔓一样伸得很远，就像恣肆生长中的绿色枝蔓，云南热带的枝蔓，毫无顾忌地伸长着，然而却有节制地让自己的枝蔓饱满丰盈地伸向地域中不可企及的地方。

写作的时候，我听不到杂音，我感受不到外面发生了什么？禁闭在书屋，我被我的词语笼罩着，从而我选择着词语，只有选择才能带来自由。我知道我具备了一个作家最好的素质，那就是激情和想象力。然而，仅有这些还不够，我清醒地意识到这一切，所以，我一直在训练自己表达的精确性，也就是选择。事物和人都在选择，人活在世上，选择着机遇，而写作则选择着词语。只有精确地表达出我所看见的那朵乌云，飞翔在我内心的那只小鸟，穿越在我身边的小河，凋零在四周的树叶……这就是写作。

让我回到梯子和农具在一起的1987年。我来到了一座繁茂生长的、遍地开花结果的农庄，这是夏日向着秋日过渡的时间。20世纪80年代,整个中国的民间诗人们都在单个地开始了旅行。诗人们突然发现沿着地图上的那些弯曲的路线就可以发现一条河流、一座村庄、一片荒僻的农庄……我曾经在80年代同许多民间诗人在路上相遇,那是一个被现实和诗意绊来绊去的年代。如今,这个年代已经消失了。而此刻,我把这幅图像放在你面前:因为我就是在1987年的夏天向着秋日递嬗的时刻,看见了墙上的梯子……

我对梯子比较敏感。小时候,我随我母亲去一座村庄,然后到了一个农户家里,我就是跟在母亲身后沿着一把木梯,同这幅图像中的梯子一模一样的木梯子。我就是在那种攀缘中上升到了一个令我惊奇的世界:长方形的竹篱笆铺在地上,上面涌动着白色的蚕蛹,绿色的、芳香的桑叶铺在上面,蚕蛹们不断地、甜蜜地品尝着……从那时候我就学会了上梯子。有一次,我上了梯子以后看到了两口棺材,我即刻惊叫起来……1987年,我所看见的梯子立在墙壁上,我不知道它有没有被废弃……因为,随同时间的变化,许多事物都会被我们所废弃。然而那天傍晚,我看见这个妇女把梯子立在了一个幽暗的楼上,她上梯子时,我也跟着上梯子,仿佛跟随着西西弗斯中的神话在推石上山。所以,我在上楼梯后发现了蔓延到我身体上的一种气息。毫无疑问,它是从窗口吹拂而来的,因为我面对着一座巨大的农庄,它就是一扇大窗口。

圆圈中的秘密
（1999·建水）

我迷恋任何圆形的事物，因为圆形的镜子也好，圆形的竹筛也好，圆形的水井也好，圆形的窗户也好，圆形的南瓜也好，圆形的凳子也好，圆形的乐器也好……都会给我的心情带来了一种稳定和甜美。

让我简单地重述我认识的几种圆形的事物，先从镜子谈起。镜子也叫照妖镜，对于许多神秘主义者来说，挂起镜子的目的，不是为了照出自己的面孔，而是为了照出旁人的面孔。在云南以柴火、火塘、织布、农耕的生活贯穿的历史之中，镜子可以帮助人们驱除内心的妖魔鬼怪。我去过一座山寨，是从哀牢山区的森林中脱颖而出的一所寨子，上面闪射的不是水波，而是镜子的光芒。在这座山寨有一种神秘的宣言：凡是妖人都可以被镜子驱逐到荒僻之地去，而善良的人却可以被镜子显现一次，从而接纳成朋友。总之，悬挂在这座山寨的任何一面镜子都可以驱逐妖魔。镜子是圆形，当我离开这座山寨以后，我相信了这个神秘的宣言，我在房间里挂起了镜子，我对自己说道：凡是妖魔进入这面镜子，必定被驱逐出去。所以，我不害怕任何飘然袭来的，令我战栗不安的影子。

筛子则是另外一种圆形的存在——它的作用仿佛是为了净化细小的米粒，我曾经看见筛子在转动时，往往是米粒中的小沙子被驱逐的时候。当大米在筛子中越来越纯净时，筛子转得就越来越圆了。圆的扭动，环绕的无疑是一圈或两圈三圈，这正是时光，仿佛从破晓时分到黄昏的一次环绕。圆的事物意味着圆满，我们看见任何圆的形象都会为之心悦，就是因为我们的内心期待着圆满。1999年，我来到了滇南建水，看到的这一切都是圆形的，通过图像，我尽可以领略一下复杂的圆，缀有许多圆形的孔道。巨大的圆中套着小小的圆，即圆中有圆。我看到过一次葬礼，把棺材放在一道环形的圆圈之中，旁边的巫师在不停地转圈，他嘴里的咒语像是一道神秘的圆圈把死者送到了天堂。在那个地区，人逝去，即进入了圆满。所以，必须为死者的魂灵画好一个圆圈。

圆圈之谜，像是来自我们心魔中的一种符号，我们迷恋圆并期待任何命运的转变都带来一种圆满的结果，殊不知圆是有限的，就像真实的面貌可以映现虚拟的面貌一样，我们所期待的图像后来逐渐变成了一种理想。

有时候，也许相反，在面对任何不同的事物时，我们会梦到圆满，而当圆满降临时，我们便被剥离了梦幻。有关圆形的故事还有一个，它来自云南南部山区的一种传说：很久很久以前，我们讲述故事时总喜欢用这种语调，因为复述历史需要缓慢的语调。很久以前的一个玉石商人在冥冥中总是等待着一座玉石山脉召唤他，所以，他历尽了艰难困苦，带着他的马帮经历了漫长的瘟疫并战胜了疫情。当他感觉到自己还活着时便钻出了帐篷。在南部绵亘的山冈上，他突然做了一个梦，梦见了圆形的山脉发出蓝翡翠的色泽。梦醒之后，他即刻出发，第二天傍晚到达了一座圆形的山冈。仿佛魔法已经降临，那天半夜，他掘开了山冈的石块……从那一刻开始，他就发现了一座玉石山脉。

他大彻大悟地感觉到,完全是梦帮助了他。他把所有的玉石都做成了圆形的像他梦中升起的一种圆满。不久之后,他死于这种圆满之中。

身体的约束
（2000·宾川）

一座村庄必然有着一座村庄的村规民约，它起到的作用是约束。在这幅图片中，我们看见了这个村民坐在写有村规民约的墙壁之下，他宁愿受到约束，因为村规民约可以让他感受到文明的存在。

我们从儿时开始就感受到了约束，来自父母的约束，父母总是用语言告诫我们要如何如何做人。我清晰地看见了当我的父母说话时，我胆怯地看着我的父母，对于我来说，从他们嘴里发出来的声音总是会充满一种不可抗拒的力量。当我们日渐长大，约束我们的不仅有父母的声音，而且有来自外界的声音，我们耳前的声音变得复杂起来，比如老师的声音。在我记忆中，老师的声音就像真理一样笼罩着我,老师说的任何一句话都会使我不断地回味,直到把它们牢记。随着身体的变化,我们的社会变得更加开阔起来了,各种声音变成了条约,开始附加在我身体之上,这就是约束。我想,缺少约束,我们会更自由一些。然而,如果没有从孩提时代就早早开始的约束,我们的生命会不会因放纵而失去内心的道德。

每个人都有经受时间检验之后,渐渐开始生长的内心的道德。比如,当我们想占据一种事物时,内心的道德会告诉我们这是为什么,我们为什么要去占据,还是应该放弃?当我们恋爱时,每个人都会对肉体、对异性、对性欲产生各自的道德准则;婚姻降临时,我们内心的道德准则就像遇到了一种熔炼过程,婚姻生活可以长久地上升我们的灵魂,因为婚姻意味着一个家庭,婚姻意味着一个小世界降临了……它充满更多的人性的搏斗、抗争,所以它会生出更多的内心道德来约束我们。

当我们去采撷一朵花时,我们感受到了一种约束;当我们试图去诽谤一个人的生活时,如果你是一个内心充满道德的人,你同样会感受到一种约束……简言之,我想说的是,所有充满灵魂的人都被一种内心的道德所约束着。

诗人叶芝说过:"有人在寻找精神幸福,或是某种未知的力量的形式。但我有过实际的想法。我渴望一种思想系统,可以解放我的想象力,让它想创造什么就创造什么,并使它所创造出来或将创造出来的成为历史的一部分,灵魂的一部分。"诗人在召唤他的思想给予他自由,同时给予他约束,因为他感觉到了他的灵魂在盈动,他写道:"我昨天在海边看见了凋零的葡萄园,我把褐色的藤条从峭壁边沿薄薄的泥土中挪开,在路口看见果实累累的橘林和柠檬林,还有绛红的仙人球花,我感觉到从蓝色间落下的温暖的阳光,默默低语,像我无数次低语过那样:我永远是它的一部分,也许无法摆脱,忘记生命,又回归生命,不断轮回,就像草根里的一只昆虫。"这就是诗人叶芝寻找到内心道德的时光,他在诗意的搏斗和美妙中找到了灵魂的隐喻。

当我迷失在这座村庄时,我被约束着,就像这个村民被村规民约所约束一样:那晚的月亮从树梢间洒落着,我知道因为月亮笼罩村庄的同时也笼罩了我,因此我又回到了那些最为美妙的瞬间。我是如此渺小啊,在月色中尤其如此。所以,我会寻找到黑夜中的世藏之所。

来自驿站的故事
（1989·祥云）

驿站是古代的称呼，即我们在路上的落脚之地，也可以这样简称，旅游者落脚休息的地方。驿站，是由房屋，由井水、马厩、庭院组成的，它称为驿站，也可以称为马站，在滇西地区，马站也就是旅馆。天黑了下来，在这个月黑风高的晚上，我来到了驿站，它从古代就拥有了一个简洁的名字：云南驿。

古代的云南驿使多少赶马商人在未到达之前就会涌现出一种难以言喻的躁动，商人们忍受着饥渴，从滇西汇集云南驿。它不仅仅是滇西一座重要的驿站，它还是一个重大的转折点。置身在这里，商人们可以寻找到好几条交叉的路线。

我在这个月黑风高的晚上潜入了云南驿。然而，我已经寻找不到马帮商人们住过的驿站了，甚至连驿站的遗址也消失了。那些盐商、布匹商人、茶叶商人们千里迢迢地赶来，在老远的地方也许就已经感觉到了巨大的口渴。

口渴，是因为他们牵着缰绳已经越过了恣肆狂放的黑夜。在未有公路之前，云南高原的路是由马帮们走出来的，马帮们不仅仅要战胜崎岖小路，还要战胜突如其来的虎豹的威胁。在古代的云南山脉中活跃着一个势力强大的猛兽群体，它们借助于原始森林的隐蔽和月色的笼罩而繁衍了一代又一代猛兽群体……它们出现在马帮商人们道路的中途，所以经历了一系列危机四伏的马帮商人们总是渴望着快一点到达一座驿站。

驿站，无疑可以让口渴难耐的马帮商人们感受到一种甘露的滋润，同时也让精疲力竭的商人们寻找到为之期待已久的落脚之地。那时候，每当他们离驿站越来越近时，就会看到驿站庭院中的那口水井，它曾经慷慨地滋润过商人们的喉咙，还有驿站变来变去的驿妓们。她们不知道是从哪一面魔镜中脱颖而出的,总之,只要商人们刚进入驿站,飘满了粉脂味道的庭院中就会走出一些如月季、牡丹花一样妖艳的驿妓。

此刻,在这个月黑风高的夜晚,我独自一人走在云南驿。我不是来自18世纪、19世纪、20世纪初叶的那些马帮商人们,我只是一个短促的旅行者,我想寻访到一座哪怕已坍塌、衰败的驿站,然而20世纪的一座座驿站取替了昔日的驿站,这些驿站统称为旅馆、招待所。

第二天一早,我发现了这片瓦房,这是云南驿最为古老的房子。站在一座山丘上朝下望去,我似乎看见了在幻觉和历史典故中出现的云南驿。在这个熹微晨光刚好沐浴着大地的时刻,我看见了那些马帮商人们从清代、明朝、民国时期的马道上朝着云南驿走来时的场景,这个场景让我突然看到了一幕人生的悲喜剧,仿佛一幕幕戏剧正在上演。我还看见了驿妓们已经花枝招展地倾巢而出,她们的淫荡激起了商人们焦渴的、来之不易的性欲……不久之后,我也许会写一部长篇小说,它的题目叫《驿妓们》。

突然之间,我有一种破碎的感觉,在迷惘的另一个时间里,驿站会集着四面八方的商人们,当然商人中有淫商、奸商、秃商……毫无疑问,最古代的驿站已经消失不见了。昨天晚上我住在招待所里,来来往往的旅客们从客车、货车上下来,我是其中之一。

曾 经
（1999·巍山）

翻开博尔赫斯的短篇小说《小人》，我读到了这样的文字："友谊是件神秘的事，不次于爱情或者混乱纷繁的生活的任何一方面。我有时觉得唯一不神秘的是幸福。因为幸福不以别的事物为转移。"1999年，在我的身体开始转移之前，这种转移是离开一座旅馆之前，我再一次回到了这座村庄，看见了这堵老墙壁，摄影师帮助我准确无误地拍摄下了我看见它存在的那一个现实。

这堵老墙壁曾经围绕着一座戏台，如今那座戏台早就消失了。20世纪的任何一个时期，任何存在之物都可以荒谬地从我们眼皮底下消失，包括我们的生命火焰也会变成灰烬，一座小小的戏台又算得了什么呢？

不错，一座我从未听到过的戏台，却可以从人们的口头记忆中历现在眼前：那座从明朝时代保留下来的戏台，曾经上演过京剧《白蛇传》等节目，它培植了许多京剧的幼芽。然而幼芽刚刚冒出来，在20世纪的60年代，戏台被摧毁了，连地基也消失得干干净净。然而，戏台之外的这堵老墙壁却留了下来。

曾经，我们说到曾经这个词汇时，仿佛想把过去的一幕幕情景拉到现在。而现在意味着过去也不存在，而曾经却是过去中的一种图像，我们经常这样面对现实的此刻回忆道。我们曾经骑着马，我们曾经在沙漠中有一星期未尝到一滴水，几乎因饥渴而死；我们曾经是懦夫，因为怯懦丢弃了一座城堡；我们曾经是一种匪夷所思的旅程，不知道应该走到哪里去；我们曾经在宿营之地分手，试想着此生此世再也不会面；我们曾经沉溺于翻身落地的那一时刻，因为在那一刹那，我们认为心跳已经结束了，殊不知，这是再生的开始……曾经这个词汇，会给我们带来对往事如烟的一幕幕回忆。

在对往事如烟的回忆之中，这堵老墙壁上长出了茅草，我感到一阵又一阵难以言喻的羞愧：我们的身体自甘衰竭的时刻，我们也无力阻止一堵老墙壁的衰朽，这就是我们羞愧难忍时，茅草在墙垒上疯狂生长的缘故。

博尔赫斯还说："……我重新阅读了《附录与补遗》的第一卷，看到叔本华说一个人从出生的一刻起到死为止所能遭遇的一切都是由他本人事前决定的。因此，一切疏忽都经过了深思熟虑，一切邂逅都是事先约定，一切屈辱都是惩罚，一切失败都是神秘的胜利，一切死亡都是自尽……"

一堵墙壁就像人一样经历了遭遇，这是命中注定的遭遇。我们的曾经已经成为过去以后，我们的现在依然存在。当繁华热闹的戏台消失以后，这堵老墙支撑起的就是一个孤单的院落，从不懈怠的光阴总是比梦消失得更快。

保存它的还有曾经这个词汇，我离开了，像离开了访问过的许多亲爱的秘密一样，遍及我周身的是一种遭遇，在这一刻时间里，我遭遇到了无聊，因为看不见那座古戏台的无聊；我遭遇到了面对卷帙的恐惧，因为卷帙不过是一堆尸骨，只有依靠满怀深情的触摸才能寻访到昔日我遭遇到的滋味，因为我们信仰的未知已经打开了大门。

现在我可以枯萎而进入真理
（1984·大理）

1984年我的22岁生日是在大理度过的，我刚度过生日的第二天，就看见了这个老人，站在暮色之中，仿佛置身在一只正待合拢的盒子之中，我看见了他满眼的暮色，他的眼睛之中流露的全部暮色，以及他拐杖上隐约出现的暮色，以及他棉袄中的暮色。那时候，我并不知道，时间会流逝得如此之快。这个充满暮色的面颊在我心灵中投下了影子，当脚底的沙砾越来越灼热时，正是我们的人生满布迷津的时候。我忘记了那个老人的形象，因为暮色合拢了，暮色只是一个瞬间，很容易被我们忽视。

我的母亲75岁了，以她独特的姿态活在我的现实世界里，我从母亲的姿态中再一次感受到了暮色，尽管我母亲是一个十分健康的人。不久之前，我再次读着诗人叶芝的诗："虽然枝条很多，根却只有一条：穿过我青春的所有说谎的日子，我在阳光下抖掉我的树叶和花朵；现在我可以枯萎而进入真理。"

一个人慢慢变老的过程并不可怕，它意味着一枚果实慢慢地由青涩变成熟，假如你注视着一枚果实，渐次变黄的过程。哦，我的心由此在颤抖着：当我注视着果实变黄时，我知道也正是那枚果实逐渐接近枯萎的过程。任何人都无法避开这个结局，任何人都可能在死的时候才会触摸到暮色在盒子里被人们遗忘的过程。

1984年我才22岁，我似乎可以挥霍我的青春期，而且我感受到青春期是如此漫长，所以，我来到了大理。大理总是离我最近的地方，很久之前，我去大理只是为了看洱海、苍山和蝴蝶，然而，我却看到了暮色和一个老人在一起。这并不是牧歌似的场景，它被我装在了一个盒子里，在合拢它之后，我也许忘记了这一切，然而，我始终要打开一个盒子。

此刻，我的母亲正坐在花园中绕毛线，不知道她这一生到底编织过多少件毛衣，她的编织术中包括对这么多人的爱恋：父亲、哥哥、小妹，除此之外，还有许多看见过的或未看见过的亲戚或朋友的爱恋，所以，她编织的毛衣可以送给她所爱恋的朋友。直到如今，她还在编织，每当看见母亲专心致志地编织时，我总感觉到母亲在编织的是一种循环不已的时间。

"死亡（或它的隐喻）使人们变得聪明而忧伤。他们为自己朝露般的状况感到震惊，他们的每一举动都可能是最后一次，每一张脸庞都会像梦中所见样模糊消失。在凡夫俗子中间，一切都有无法挽回、覆水难收的意味。"（博尔赫斯语）

我和图像中的这个老人在城门口分了手，其实他并没有像我看见他一样看见了我，这就是镜子一样的魔法。我之所以看见了他，是一种缘分，他是在我视野中出现的暮色，可以装在盒子中像忧伤一样永恒，而我对于那个老人来说却什么也不是，因为当我看见他时，他什么人也没有看见，他在回忆岁月中一种互相道别的美妙和幸福，所以，他没有看见我。

直到如今，我仍然弄不清楚我的身份，我到底是谁？我也许是一只虫，准确地说我也许是一只飞蛾，比如蝴蝶；我也许是一只鸟，比如云雀；我也许是一棵树，比如伴身树。

葫芦也是一种乐器
（2001·昆明）

把葫芦带进城市的男子站在这堵老墙身边，正吹奏着他制作的笛子，而葫芦是他出售的商品。我经常在昆明一些僻静的小巷或翠湖边见到他，他的整个身体都垂挂着葫芦，那些葫芦仿佛为他的形象伴奏，使他引人注目。

那些好久没有见到乡村，或者企图从对乡村的回忆中寻找到物证的人会靠近他，用纸币换取他身体上悬挂着的葫芦。很显然，这已经成为一种商业行为。这并不重要，而且他的出现给浮华、沉闷的城市带来了一种独特的风景。

我今天要谈的另一件事是我童年时代的葫芦。那是墙边，一座小镇的围墙四周，我们落下了脚，像以往的任何一次迁徙一样，我们又有了小小的庭院，因为庭院意味着有泥土，而泥土则象征着可以埋下种子，种子则可带来幼芽，幼芽让我们因此看见了果实。我们的种子中当然有葫芦种，那是一种像杏仁籽粒般干枯的核，捏在手心时仿佛可以感受到它的变化。我母亲告诉我说这是葫芦种，埋下它用不了多长时间就可以结果，攀缘在土墙壁上。所有的种子都具有一种多变的能力，所以，它让我们充满了期待。

埋下种子以后，每天清晨的第一件事，就是跑到墙边看一看种子发芽了没有。今天回忆起那时的状况，仿佛产生了一种翘首等待的愿望，隐秘的旨意重又产生了。而我一旦发现一根幼芽破土而出时，总会叫唤家人来看幼芽，慢慢地，幼芽多了起来，潮湿的泥土中那些鹅黄色的幼芽突然间产生了疯狂，那就是生长。

葫芦从泥土中冒出了第一轮幼芽，然后像是在微风、太阳中经过了一番深思熟虑之后，开始像别的幼芽一般疯长。它突然长出了触须，攀住了墙壁，我们在它周围插上了许多供它攀缘的枝条，它的触须伸过去抓住了枝条，好像既可以抓住又可以松开——它像人类的历史一样延长着它触摸到现实和梦境的时刻，并将这个时刻达到了完美之后，它开始结果了。

小小的葫芦起初根本看不出来成长的趋势，我总是想盯着它看穿它生长的野心，然而，一旦我盯上了它，它好像并不变化，只有我进入梦乡时，它才疯狂地改变原形，所以每一个早晨，我惊异地前去面对它时，发现它不再是昨天我看见的那一个葫芦了。

满墙壁的葫芦都在趁我入眠时变化，这就是我的童年。英国哲学家弗朗西斯·培根说："所罗门说，普天之下并无新事。正如柏拉图阐述一切知识均来自回忆；所罗门也有一句名言：一切新奇事物只是全部。"在不知不觉中，我似乎已经忘却了墙头上垂挂着的一个一个葫芦，直到那个把葫芦从乡村带进城市的人，唤醒了我的记忆。我心灵深处攀缘过的那些绿色的葫芦啊，它们到底已经去了哪里？

经受得住时间考验的美重又回到了现实，我的回忆中垂挂着一只只饱满的绿色的葫芦，它的圆满足可以说明：当所有生活在骤然间哗变时，我美妙回忆中的那个秘密可以让我寻找到安慰：它的圆满像是蕴藏着一种音符，所以，我再一次看见它时，我感受到了葫芦也是一种乐器。因为，我相信城里的人看见这个身上挂满葫芦的人，就像看见了一种乐器。

大山包的母与子
（1984·昭通）

凭着一轮月色我仿佛已经走到了边缘：熹微色刚刚上升时，我感到我仿佛立在旷野里，不知所措地张望着，期待哪怕是遇见一只候鸟也好。当然，如果能遇到一个人，才有可能证明我并没有从一个永恒的世界中消失。因为1984年，我才22岁，我还不愿意从这个世界消失。也可以这样说，我害怕消失。如果那个时刻，我没有与一只候鸟相遇，那只候鸟没有拍翅带领我进入大山包乡的坡地上，我就不会与一个母亲和她的儿子相遇。候鸟飞来了，我在走到边缘时寻找着我的经验，在最广阔无垠的地方，如果你看见一只候鸟，你很快就会看见人们生活的炊烟。

炊烟是在候鸟一阵又一阵迷惘而轻盈的拍翅声中上升

的。事情已经过去了很久很久，然而我还是要让读者的你看见这种画面：候鸟朝我迷蒙的视线飞来时，我的前脚插入了一簇刺藤中去，我的后脚留在另一团刺藤之中，所以，据我所知，如果两只脚同时插入了刺藤，那足以说明你已经到了世界的边缘。

候鸟飞来了，好像是三只鸟，它们简称候鸟，即从我头顶飞来的鸟。带领我前行的候鸟，在它们双翼的阵阵悦耳的拍翅声里，我开始产生了方向。朝着候鸟引领我去的地方，出现了另一片山坡，远远地，我就已经嗅到了炉架上的烤玉米发出的香味，那抚摸我饥饿的香味，使我在那个冬天的下午看见了一个妇女和孩子。

这个妇女懒洋洋地坐在椅子上，目光是安详的，几乎是静止的。因为寒冷使母子俩拥抱在一起，面对着太阳，她们的身体利用日光的照耀来取暖，在她们四周是泥土，这是冬日的荒寂，因为寒冷带来的是一种荒寂。而在这个世界的角隅，根本看不见一个幽灵，因而她们宁静地簇拥着，这是人性的取暖方式。我的降临使那个妇女的眼睛出现了暂时的惊悸，因为已经有很长时间没有什么人打扰她们的生活了，总之，她惊悸的目光看着我，直到肯定我是一个女人，没有什么恶意之后才松弛地笑了笑。

离旅馆太远了，何况我根本就看不到旅馆在哪里，这是最寒冷的滇东北的大山包的一片山坡上，旅馆显然不会在这片贫瘠的山坡上出现，如果我在那天晚上一定要寻找到旅馆，也许我走到半路就会被狼和野豹吞没。

那天晚上，又出现了月亮。诗人叶芝说道："我寻找自己的真实面貌，世界形成之前它已形成。"因为寒冷，我不能欣赏月亮，我们早早地围坐在火塘边，我不知道女人的男人去哪里了，总之，那天晚上我们三个人围坐在火塘边，先是女人的孩子睡着了，他的呼吸声使我开始犯困。尽管如此，我是第三个进入梦乡的人，第二个进入梦乡的人显然是那个女人，不管有没有陌生人在身边，她都可以像以往一样睡在火塘边，很快就有了梦。

外面好像飘起了雪花，这已经是下半夜了，我们都醒来了，我们站在窗前，朝外看去，月亮隐退了，纷纷扬扬的雪花无可置疑地阻止了我回去的道路：我重又回到床上，火塘边的火焰熏着我的眼睛，如果我愿意的话，我会在这里把身体熏成一种历史，那些符号挂在我体内；如果我愿意，我可以不再回去。

永恒不变的场景
（1984·昭通）

　　无论我们出生在何处——头发都会生长，就像果枝、草棵在生长一样。在这个贫瘠的角落，我看见了露天场景的理发师，他比我过去在乡村看见的理发师要年轻一些。他的手艺也许并不太好，却可以让他维持生计。1984年，我在贫瘠的滇东北看到了许多人为生计而忙碌不休。维持生计很重要，所以在任何角落我都会与永恒不变的场景相遇。

　　维持一个人的生计也就是维持一个人打发光阴的世俗生活。一路上，我见到了久开不败的野花，但也见到了夭折的心灵。1984年，我和许多贫瘠年代的诗人一样，总是想通过经历来检验活着的意义,写诗的意义何在?

当这个理发师站在破陋不堪的老墙边转动着剪刀时,我知道,又一个理发师正在帮助生活在这个角隅中的人们改变头发。因为头发总是会长长,因为在冬眠中僵卧的蛇总会出动,因为我们无论置身在何处生活,都在忙于修改自己的生活。

墙上的裂纹太深了,可以让我把拳头伸进去,正是在这里,不紧不慢的时间在身旁静悄悄地流动着,神色麻木的人们加剧了我的压抑之感,只听见理发师的剪刀咔嚓咔嚓作响,这单调而乏味的音乐中抖落下来许多碎发。

即使一个已死的人也同样需要理发师,同样是在这个地点,这堵破损不堪的老墙下面,时间只隔了一天,就有一个人强行地被扶在椅子上,看上去这个人好像睡着了,其实,他已经死了。在阳光下看上去,一个死去的人跟一个活着的人根本看不出来有多大的差别,只有细心的人才会发现:死者闭上双眼已经停止了在幽暗中慢慢摸索的双手,而生者即使闭上双眼,仍然伸出双手试图在幽暗中慢慢摸索到内心的世界。

年轻的理发师正在为死者理发,在他看来,死者和生者的头发都一样,只不过,死者是最后一次让理发师理发了,柔软的光线照着死者的那些黑发,慢慢地,死者将结束重新长出头发的历史。如果说有什么区别的话,这就是最大的区别。

心儿就像被剪碎过的碎发从肩上抖落下来,满地的碎发很快跟随一阵大风纷扬而去了。人死的时候都要剪一次头发,这已经成了仪式,而人在活着时剪头发只是一种固定不变的程序而已。当人面对仪式时,会变得庄严起来,而人面对固定不变的程序时,会暴露出自己的玩世不恭来。

死去的人庄严地死去了,而活着的人抓着头发,在那座贫瘠的山冈上,我既看见了变成死者前来理发的人,同时也看见了依靠活着来演绎梦境的人们。我感觉到我的头发在长,西班牙哲学家、作家、早期存在主义者乌纳蒂诺说:"我们追求的所谓不朽……正是现世生活的延续。"

过去很多年了,我依然感觉到我的头发在长,更多时候我用剪刀自己剪去头发……转眼之间,我已经去过许多次火葬场,当火轮在转动时,死者已经变成了灰;转眼之间,逐渐凋零并干枯的玫瑰花使我的手几乎触摸到了徒劳。

然而我的头发在长，我照样用剪刀剪短了头发。

　　站在大山包山冈上剪发的理发师：一劳永逸地用此手艺维持着生计的同时，已经渐次感觉到了眼花缭乱。

旁边的事物
（1984·昭通）

旁边，就是影子的重现，要么是我的影子，要么是别人的影子，或者是事物的影子。1984年，我旁边的影子不断变换着，起初是我搭上一辆手扶拖拉机出走时的情景，那时候，我走了很远，才在一条乡村公路上招手截住了手扶拖拉机。我在八岁到九岁之间，曾经有过梦想驱着手扶拖拉机去旅行。那时候，我所看得见的交通工具，除了自行车就是拖拉机了，而且鲜红的手扶拖拉机大多是由当地的知识青年做驾驶员。那些在我看来是时髦摩登派的知识青年，开着鲜红的拖拉机走进了我的生活。我错过了知识青年上山下乡的队伍，然而，我的哥哥是最后一批知识青年，他总是开着手扶拖拉机从一座遥远的乡村来到我的面前。

1984年,我在县城外面的乡村公路上终于截住了一辆手扶拖拉机,它就是我旁边的影子,就这样,我不断地换车,在青春洋溢的1984年,我不断地搭便车充分说明了每个早晨的太阳对于我来说都是新的。当我从车上下来,我会走许多路,从那时开始,我就从徒步旅行中感受到了一种好处:我可以在步行中感受到乘车无法感受到的事物,比如,爬藤植物,这是我生命中最为敏感的植物,那些滇东北肆虐的爬藤植物要么是沿着竹篱笆在攀缘,山坡上的竹篱笆已经由翠绿变成褐色,经过了风吹日晒,竹篱笆已经变形,然而不断上升的爬藤仿佛像蛇一样扭动着身体。爬藤还沿着荒凉的滇东北高原在攀缘,沿着那些高高的石崖,我只可能在低处看一眼那些石崖,因为我根本无法像那些不要命的爬藤般拼命地往上攀缘。从它们的攀缘姿态之中,我逐渐明白了一个道理:这些爬藤植物也在旅行,所有物和人都需要旅途,需要敞开的旅馆,需要在一座现在看不见,未来会出现的驿站中歇脚……所以我明白了我那颗跳动的心,为什么总是朝前走,上帝给了我们脚,就是为了从现在的某一刻走到未来的某一刻。

当我一阵恍惚时,我看见了这幅图片中的人和事物。

蹲在墙边的这个人好像已经厌倦，博尔赫斯说过："有时候，他的厌倦像是一种幸福感；那时候，他的心理活动不比一条狗复杂多少。"在这个人的旁边是水桶的影子，在任何地方出现了一只只水桶都令我想起"秘密"这个词汇，任何容器的存在都是为了收藏好"阴谋"或者"秘密"，只有这两个词是不能揭开的，水桶的存在亦如此。我此刻想，伫立在这个已经产生了厌倦感的男人身边的两只水桶啊，为什么让我心灵间突然产生了奇妙的涌动：只有水的漪涟可以藏在水桶里，漪涟间产生的"阴谋"或"秘密"恰好可以相互隐藏。

旁边的事物还有墙壁，一路上我总是会与一堵堵墙壁相遇，以至于我终于出现：那个创造了墙壁的人一定看见了庞大的、永恒不尽的"阴谋"或"秘密"，因为众所周知，我们的任何一桩"阴谋"或"秘密"都是在墙壁的掩映之下产生的。

我涌出了清澈的泉水，我有了隐瞒"阴谋"或"秘密"的勇气。我不是毫无结果，却是四处奔走、流浪不息的另一个"阴谋"或"秘密"的影子。旁边的事物只是我的映衬，所以，我寻访到了这个故事，献给旁边的事物，它们也许是水桶。

我经历了古老的狮子守候的小径
（1983·禄丰）

我经历了古老的石狮守候的小径之后，终于回到了现在。在《哈姆雷特》第二幕第二场中有一段台词："啊，上帝，即使我困在坚果壳里，我仍以为自己是无限空间的国王。"

有些时候，我们伤怀或陶醉时，有一种本能驱使着我们回到过去的某一刻，某一个神秘主义时刻的瞬间中去，1983年，我已经在旧时光里逐渐地抚摸过了电报、电影幻灯机、词典……我就是没有像预期一样抚摸过一头狮子，而我恰恰是最迷恋狮子的人，我迷恋那头从未见过的老狮子用一种仁慈的目光——那充满含蓄或礼仪的目光收揽我的脆弱。

1983年，一个偶然的季节，一个多少有些偶然的时刻：

我的手无意之中触到了黑暗之中这头石狮子，我的心本能地颤动了一下，只一下我就知道了，这就是我有一次在梦中历尽了一片荒漠之海，竭尽我的力量想见到的那头老狮子。而那个梦境之深，深远如我的看不见尽头的个人历史。

我站在冰冷的石狮旁边，这是村庄，不可能看得见任何一朵玫瑰花怒放的村庄。我觉得我不是在战栗，而是在眩晕，为那个梦境的再现，我看见了狮子，它就是我心灵空间中的，奔跑在荒漠上的，硕大健壮的狮子王。

石狮子被一座村庄召回到村庄的门口，石匠们幻想生活中看见的狮子王啊，竟然与我梦中见到过的狮子一样有着深邃的目光，所以我在这双眼睛中看到了浩瀚海底的平静，听到了雷霆般的吼叫。当然狮子不是每时每刻都会吼叫，它的吼叫期就像人一样准时，比如：当狮子像人一样无法摆脱一场神秘梦魇时，它会吼叫；比如，当狮子被一场肉体狂欢笼罩在天地之间时，它也会吼叫；比如，当狮子看到无穷无尽的快乐时它也会吼叫。石匠复制出了一头既会沉默也会吼叫的石狮王，它立在村头，守候着一座村庄。

这就是与我邂逅在梦中又邂逅在现实中的狮子王。我经历过了被狮子守候的小径以后,已经过去了很多年,当我们说很多年时,总想陈述清楚在很多年里,我们到底干了些什么?

我苏醒过来的午夜时刻,总是我回到过去的时刻:失眠折磨着我,即使我无限清醒地在午夜中感受到人生的历史是邂逅的历史,因为我想,我会再一次与那头狮子王相遇。

在电影中,在动物园里,那些活生生的狮子,浸透了雷霆般吼叫的笼罩之后,可以在非洲草原上奔驰,也可以在动物园的围栏中焦躁不安地散步……所有的狮子看上去,都是一头狮子,就像所有的恋人都是想象中唯一的恋人一样,我明白了,梦中的邂逅已经足够满足我的回忆。

挺立在村庄门口的这头石狮子,作为一座村庄梦想中降临的老狮子,给了羊栏和人的门槛以安心的梦境,有了它的存在,村子里已经有好多年看不见幽灵,也看不见魔鬼。我相信石狮子平息了邪恶的骚乱,也平息了自然间有可能降临的霍乱。制造石狮子的那个石匠已经死了,石狮子依然挺立着,它还将邂逅世世代代的人们,因为石头是永恒的。所以我梦见狮子的时候,也正是我脆弱不堪的时刻。藏匿在滇东北的那头石狮子,使我战胜了恐惧。

身患芳香症的民间工匠
(1985·建水)

在镂空的格子门口我看见的花瓶插着的是一束束散发出木味的花，从花的意图来看，工匠们希望它是清新的，从而也是芬芳溢人的。所以，工匠们，我看不见的建水工匠们，在19世纪末期把花瓶呈现在木格子门上，如果我能看到那个早晨，一群工匠或者只是一个工匠——患了强烈的芳香症，虽然他是一个男工匠，这正好说明，身患芳香症的民间工匠患了相思病。如果说他所相思的是一个女人，那么那些花瓶就代表女人。

女性，是阴性。花瓶世世代代就暗喻着女人，一个黑夜，在滇南的建水，一场相思使工匠夜不能寐，这就是为什么那天早晨，他产生了灵感，把花瓶放在了格子门上，里面散发出暗香，这是工匠夜不能寐的香味。我知道，任何凡人的恋爱都有香味，闻香识女人，任何女人都带着香味，我们仰起头来看一看这几只花瓶，我作为女人感受到了作为女人的我们在那一只只花瓶中摇曳，这就是不朽吗？

只有经过工匠的想象力和深不可测的艺术抵达的梦——才可以让我们因此看见了花瓶，才可以让我们嗅到了月季、茶花、芍药、牡丹、栀子、石榴、梨花的香味。

我往花瓶中插花已经成为一种生活——我是女人，我有来历不明的香味，我既幽暗也会灿烂，我必须插入花瓶，才可以供人欣赏吗？我也许就是花瓶，男人们把我们推向花瓶之中。在19世纪末期的一个滇南工匠眼里，女人就是他的花瓶，所以，他让花瓶面对我们，即使他已经死了，他的相思病依然在花瓶中永恒地摇曳下去。

直至它们破败的时刻来临，这就是我看见格子门破败的时刻：风无情地吹拂着它，花瓶仍在，而人已经离去，这是最典雅的中国伤怀，它就在眼前，这些格子门随之面临着坍塌下去，而花瓶也将在凉爽的大风中倒下去。

房屋是没有的。谁都知道我们终有一天会成为一具僵尸。任何铭心刻骨的眷恋终有丧失美味或美色的时刻,任何美色不过是我们心花怒放的虹彩,而任何凄楚而感人的心灵都因此可以变成工匠们的花瓶,也可以成为坍塌下去的命运。

我的花瓶总有打碎的时刻,几年时光,我已经换了不少花瓶,它们随同我迁徙时变成了碎片。此刻,我坐在这里,我也许就是一只花瓶,供我自己欣赏到变成碎片的花瓶。

肉体的深渊也许可以呈现在一只花瓶之中,而此刻,已经是2003年的最后几天,在这异常寒冷的日子里,仿佛透过炽热的火苗我可以成为一朵花;仿佛,在我变成碎片时,我经常看见了仿佛。让我读一首巴·聂鲁达的诗来结束这篇文章:

> 我曾经是一个空洞。鸟儿们纷纷离我而去,
> 黑夜就断然侵占了我的身子。
> 为了活下去我像武器一样地锻造着自己,
> 如同那弓上的箭,我那弹弓里的石子。

现在复仇的时刻已来临,可是我爱你。
爱你的肌肤,青丝,焦渴而坚挺的双乳。
噢,如碗状的酥胸!噢,出神迷离的眼!
噢,玫瑰色的小腹!噢,你那悠悠的眼神!
我女人的身躯,我要执着地追求你的美!
我的渴望,我无限的焦虑,我游移不定的路!
就是那永恒渴望经过的黑色沟渠……

出　发
（1988·洱源）

　　1988年，我还没有写作中篇小说《出发》。在一个细雨朦胧的日子里，我看见了这幅图像中的一个男子赶着毛驴正在出发，它正通过一道保留至今的古驿道门。从画面上可以看出来，门栏已经破损，天顶已经坍塌过又被人修补过。我不想追问赶着毛驴的青年男子到哪里去，他走出古驿站门槛时，我看见了他：一种需要去远方的凝固，尽管男子和毛驴是走动的，然而，因为摄影师，这个时刻被凝固进了我的记忆深处。

　　驿道在1988年曾经像逝去的花纹一样从马蹄印中涌现而出，我知道出发意味着无穷变化中的开端，每桩事，每件事端的复杂、变化、递嬗。每个人都在用心灵,即性格演绎着命运。出发是必须经历的,起初会令我们忐忑不安的时刻,我出发着,为寻找一件神秘不安的,只有指尖能够抑制的那种不易露面的器皿。那是一个夏日,我穿着裙裾,穿过好几十亩苞谷地出现在一座驿站,这里正在坍塌,毫不犹豫地,随同地壳逐渐地坍塌下去。然而,我站在驿站门口,我等候一个老人,她会把一只18世纪的陶瓷花瓶带给我。我被炎热包裹着,老人未到之前,我已经想象过了那只花瓶上像露珠般可以溶解的花纹。远远地,我看见了老人,她太老了,她怀抱花瓶,顺着古驿道口的另一条弯曲小路走来时,我知道,那个器皿,热情过的,现在却变得冰冷的花瓶很快就要到我手上了。然而,老人滑倒了,她怀中的18世纪的花瓷即刻成了一堆碎片,我明白了,我不能够拥有那只花瓶,因为它并不属于我,只属于时间。我走过去,扶起了这个老人,就像老人一样,她的衰老只属于时间。

我出发了,虽然没有赶着毛驴出发,也许是我用不着赶着毛驴出发。女人在很多情况下的出发,归根结底是为了男人之外的东西，比如，站在一道彩虹之下，一个女人会忘记自己，当然也会忘记男人。我就曾经被一道彩虹笼罩着，那是一道雨后的彩虹，很多年前，一个男人曾经在信中对我说道："海男漂亮，海男迷人，海男神秘，海男是凭灵气活着的。海男是由惊人的因素构成的。"另一个男人在信中写道："你永远都在寻觅什么，海男，你幻想用纤纤素手抚摸遍整个世界，玫瑰红的炼狱，我至今仍然记得你的生日，祝你生日快乐！疯狂的仇恨和撞击，并没有损坏你，那形象日益清晰，透过崇拜的香烟，如同当年囚禁耶稣的花园。"这些信件已经埋在花园中，再也不会散发出文字的气息，因为我已经出发过了，一次又一次地出发过了。我已经像朝露一般溶化，然后开始了秘密的出发，我曾经去访问过一个老人，他住在一个岛屿，这不是辽阔大海上的岛屿，只是一座湖泊上的小小岛屿，滇西北最小的一座岛屿。远远地我就看见了这座小岛，朋友为我划着船桨，朋友就住在湖边，朋友告诉我说，这个老人已经完全失忆，他已经想不起来任何事或任何人。

一个住在岛上的老人，一个完全失忆的人：这就是我出发去岛屿寻访老人的意义。他的存在使时间不存在，然而，他的存在却是时间。也可以这样说时间就在他已经失忆的世界里，就像保存秘密所需要的是空气、漆黑、罅隙、干燥，以及一颗可以忍受折磨的心灵。

有王者风度的彝人
（1984·宁蒗）

宁蒗就在我的邻近，我从出生到 25 岁之前，一直生活在宁蒗的邻县永胜县。所以，我从小就可以看见戴着彝人黑色头冠的妇女们从小凉山走下山冈。彝人永远住在高高的山冈上，每座山冈都有它自己的高度，他们住得越高，离我们就越来越远。当我在永胜县城的街道上看见彝族妇女时，我就知道：她们仿佛来自另一个王国。她们的声音、她们的衣裙散发出早期神秘主义的象征，即在彝人妇女闪开的百褶裙摆中，闪开了一种舞蹈；即在彝人妇女高高的黑色头冠上，我仿佛看见了山羊们纵横的一座山冈。这幅图像中的彝人妇女是典型的一种神秘主义的象征：当我看见她时，她仿佛像是一个黑色的王者。我屏住呼吸，向她慢慢地靠近，我听不懂她在说什么，因为她没有像更年轻的一代彝人那样巧妙地学会汉语。我听年轻的彝人告诉过我，老人已经八十多岁了，她从不下山去，她从不肯到汉人的镇子去赶集，她总是站在山冈上，要么坐下来，要么就挺立着。

从她偶尔伸出来的一只胳膊上我感觉到了她的身体已经在干枯。她曾经是鲜活的，像桃子，像使肉体震颤的桃花；她曾经是一种桃色的面貌，而此刻，她无意之中露出的胳膊就像枯树一样反映了整个春夏秋冬的变化。

然而她却像女王一样高傲地不肯下山去，这似乎是一种衰腐，不错，一定是迂腐或狭隘左右着她，然而，为何她的面容如此的皎洁，尽管布满了暗淡的皱纹，却呈现出月色所笼罩的皎洁呢？

她活了八十多岁就在这座山冈上放羊、结婚、生孩子……她的生命围绕着这三个程序开始着：她从七岁到八岁就开始放羊了，她的羊群中没有一只绵羊，百分之百的山羊纵横于悬崖山顶，她随之也纵横着，哪怕有一只绵羊，也许她的生命旅程就会变得柔软起来。然而，绵羊不适宜在高高的山冈上生活，这就是她的生命被山羊所纵横到崖顶的命运。于是，婚姻来临了，一件黑得发亮的披毡裹住了她娇小的身体，这就是她的新婚之夜。当然还有火塘，在彝人的世界里，火塘是不可能熄灭的，火塘一旦灭寂了，就意味着灾难来临。因而，新婚之夜的火塘烧得更旺，她娇小的身体在男人黑色的披毡下颤抖之后，命运使她跟这个男人联系在一起了。她所经历的另一种历练是怀孕，肚子像山冈挺立起来时，她仍然在放着山羊，仍然可以纵横到崖顶，看一看深渊中有没有野兽在跑动……就这样，她的三种程序完成之后，她的生活方式被圈了起来，她再也不可能像儿女们一样跑到坝子里的集市上做土豆和山羊的贸易。与其说她老了，她已经走不出山冈的世界，不如说她已经得到了笼罩：一生中肉体和宇宙间的轮回笼罩，已经使她经不住别的生活的诱惑。她开始干枯了，再不能跑到崖顶上放山羊，也不可能躺在黑色披毡下感受一个男人的肉体了，她真正的衰老了，甚至没有一种预兆就已经开始衰老。

她具有王者的风度，这就是衰老的果实之谜。我靠近她，感受到的不是芳香，而是破旧的味道。我意识到了她松弛的目光和肌肤之间的最后一点联系。就这样，时间过得特别慢，或者特别快。我回到了这里，开始写这个小故事，而这个妇女就像干枯的枝干终有一刻将变成灰烬。

喇叭的故事
（1984·大理）

1984年我来到了大理的海东乡，看见了悬在屋顶的喇叭，一个人站在窗口。在看见喇叭之前，我已经听见了声音。声音在微风中正被传说着，它可以到达村庄的角隅。为了验证这一切，我朝着最远的村庄走去，它从一片庄稼地里浮出来，只是一座几十户人家的村庄。然而，从喇叭中传来的声音到达了另一只喇叭，我看见那只喇叭被麻绳捆绑在一只屋檐上面，它似乎好几次都要从屋檐下滑落了，然而，它是不会滑落下去的，这只从20世纪60年代遗留至今的喇叭，依然保持着它的姿态。这是一个需要声音的国度赋予它的姿态，当我出生的60年代让我看见喇叭时，我当时随同母亲生活在滇西永胜的小镇，这座小镇叫金官公社。

我们就住在公社的大杂院里，七岁到八岁之间我就看见了公社的广播员爬到电杆上悬起了喇叭。我好奇地置身在被一群麻雀所环绕的杨树下面，我听见了沙哑的试音声，接下来，喇叭竟然也悬挂在了我心爱的石榴树上。我听见了声音，各种各样的中央人民广播电台的声音，那些悦耳的声音正好可以帮助我纠正自己普通话的发音。我一次又一次地置身在麻雀们叽叽喳喳的声音之下，倾听着来自北京人民广播电台的声音，那是我的成长阶段听到过的世界上最为悦耳的声音。

喇叭随着我的视线越来越多，起初只有镇里有喇叭，后来，喇叭向着乡村偏僻的角隅移动。我在一次又一次跟随母亲到乡村去时，看见了挂在树上的喇叭，挂在电线杆上的喇叭，挂在屋檐上的喇叭，挂在教室门口的喇叭，挂在晒谷场上的喇叭，挂在茅厕外的喇叭，挂在小卖部门口的喇叭，挂在诊所外的喇叭，挂在碾米屋外的喇叭，挂在废弃的手扶拖拉机上的喇叭……从一只又一只喇叭中传来了悦耳的声音，也就是说在任何地方，都可以听见中央人民广播电台的声音了。

我住在公社的大杂院里，有一天半夜，我听见雷霆在我们的屋顶上空滚动，我听见了瓦砾在滑动，向着下面滑动，紧接着一场令我心悸的暴雨在半夜来临了。第二天，我看见了那只喇叭，已经从石榴树上滑下来，这是我那天凌晨没有听见中央人民广播电台的声音的原因吗？当然，这肯定是唯一的原因。一场雷霆和一场暴雨让大量的年代久远又没有维修的瓦砾滑落下去，除此之外，暴雨和风竟然把捆绑在石榴树上的喇叭也刮落在地。

后来，我才知道，金官公社三分之二的喇叭都在同一个夜晚像冰雹般落在地上。有好几天我不可能再像以往那样听见悦耳的声音了，那来自北京的声音每天早晨把我唤醒，让我意识到新的一天已经来临了。公社的广播员忙着修复喇叭，很多喇叭似乎都受伤了，它们被手推车送到了公社的大院里。有半个多月，大杂院里堆满了大大小小的喇叭。

远远地看上去，那是我从学校放学回家的时刻，进了金官公社的大门，我就会看见：堆集在院子里的喇叭在已经变得晴朗无比的天空之下，仿佛像是我在田野上见过的喇叭花,它们互相牵引着,硕大无比地垂曳着,只是没有嗅到那种奇异的香味。当然,在一个现实的世界里,喇叭花是不存在的,广播员正在修理着喇叭。

古驿道以及与霍乱有关的故事
（2001·云龙）

我喜欢这幅图像中金黄色的台阶，然而它已经颓废地开始错乱，从一些零星的故事中，我知道了这里曾经是一条驿道。据我所知，从这条秘密驿道上过去的是19世纪的一个盐商，从这条古道上无法过去的是盗贼，他们曾经死在这条古驿道上，因为一次无法估量的、来得很快的霍乱。我知道那个盐商是因为没有留下过夜而乘着黑夜而去，意外地避开了这场霍乱，而那几个盗贼却留了下来，因为贪恋女色而终于染上了无法回避的霍乱。

霍乱这个词可以在十八九世纪云南的史料中一次又一次地出现，它像染料一样浓烈地笼罩过云南的古代史。从染料中散发出的味道是令人难以忍受的。它黑而猩红，这就是霍乱的原汁原味。从传说中，我知道霍乱来临时，人是难以逃脱出去的，甚至连鸟儿也难以脱身。所以我想，那个孤独的盐商何以会逃出这条古驿道上的一场霍乱呢？谁也没有解开这个谜。

然而，我却想解开这个谜。所以，我来到了这条已经废弃的驿道口。前面是早已废弃的屋宇，在我的作品中，习惯用废弃这个词汇，也许它是我历练中的一场现实，也许在我的旅途中看见了太多的已经开始被废弃或者早已被废弃的风景物证，所以，此刻，我又看见了废弃的远景。

驿道是张开的，同时也是破损不堪的。然而，金黄色的泥像是另一种时光的染料，暴露出了驿道的古老，如今已经离群索居的原因：因为恐惧霍乱加剧了这条驿道的破损以及被废弃的可能性；因为人经受不了翻身落地的痛苦，所以，人们绕开了它，到别的地方开辟新的驿道去了。

眼前出现的台阶以及废弃不用的屋宇，很可能即将被夷平，它被夷平是因为人们已经遗忘了它，尽管那场霍乱离我们已经太遥远了。然而，置身在此处的我，仿佛又看见了那个孤独的盐商，他来自19世纪的一个暮色荡漾的时刻：他的脸上带着痕迹，当他经过驿道口时，他本想落脚，然而，他想起了什么，也可以说被什么所召唤着……这就是盐商没有落下脚来的原因，也就是说，这就是宿命。盐商离开了，在被声音所召唤或者被事端所纠缠之中的盐商，无法安心地落下脚来。我相信这就是宿命，这就是让盐商不死的最大之谜。

人们在迁徙中生存着，所以，我竟然看不到一个人。当然在不远处，有人在点苞谷，有人在割青草，有人在摘豌豆，有人在赶着戏水过后的鸭子回家……而在这里，一切都是寂静的。

我研究了寂静，同时也经历过喧闹。当然，有一点是值得肯定的，只有经历过喧闹的人才会喜欢寂静。用不着人们来夷平这块被废弃的场景，时间会穿越消失在一次又一次逸闻中的频率声音；时间既会给做梦的人带来大量的谵妄，同时也会给安分守己的人带来现实的变迁。

我的面孔也许显得有些忧伤：我忧伤的是霍乱，它虽然死寂了，再不侵犯我们的身体，然而，它给这个地方带来昏厥，甚至是天灾人祸。然而我的忧伤不仅仅是这些，朝着我胸前一阵一阵涌动而来的浪花啊，夷平了我心灵中的花园，夷平了我时间河流中的幸福。而此刻，我只是一个过路人，我从阴影、从囚禁我的笼子中钻出来，仿佛19世纪的那个盐商朝着远方走去。

19 世纪的马帮经过了这里
（1999・罗茨）

19世纪的马帮经过了这里：缰绳一根又一根互相捆绑在一起。漆黑的夜里，集镇的烛光早已熄灭，这里是一座重镇，一支疲惫的马帮到达这里时突然遭遇了一场哗变。顿然间，天空变得更漆黑，这是两兄弟率领的一支马帮，因为对未来的希望出现了分歧，就像任何分歧一样，亲兄弟的情谊变成了仇恨。

哗变，就像任何择路时刻一样，一个残忍的时刻降临了，两兄弟在这里分了手，各自带着一支马帮。一支马帮往西而去，另一支马帮往南而去，从此这两兄弟似乎在人世间消失了。有人猜测说，往西去的马帮遇到了雪崩和猛兽的突袭，全部遇难；朝南而去的马帮遇到了土匪，死于土匪的刀刃。这个传说是由一个老人讲给我听的。当我抵达这里时，罗茨勤丰镇一片沉寂，赶集的人早已离去，讲故事给我听的老人坐在镇门口吸着烟袋。他的烟袋垂在胸前，烟叶的香味浓烈得让人忍不住咳嗽。就是在这里，老人给我讲了这个故事。然而更多的细节老人无法讲述，因为细节在传说之中已经一遍又一遍地被磨损。

寂静之中我已经决定住下来，于是我寻找着旅店。拐过了好几条巷道，我终于寻找到了一家点着烛光的旅店。店主人告诉我，停电了，已经停电三天了，她为我点上一根蜡烛在客房中，客房虽小却很干净。在小镇的旅店我很难遇到这样干净的客房。

也许是疲倦的原因，我很快进入了梦乡，突然梦乡中我听见了一阵马蹄落在石板路上的声音。我掀开被子、推开窗户，朦胧不清的黑暗之中，我仿佛看见了传说之中的马帮，由一对兄弟率领的马帮悄然进入了小镇……我甚至看见了一匹匹枣红色马，它们的蹄印落在石板路上。梦魇使我格外地清醒起来，我推开了门，店主人听见了响动，走出屋来问我深更半夜到哪里去？我恍惚地说刚才好像听见了马蹄声声。店主人挡住我说："你别出门，你不过是梦见了死去的鬼魂而已……"她这样一说,我即刻感到一阵战栗不安,我回到了房间,关好了房门和窗户。

我继续睡觉,然后继续做梦:我听见了一种哗变的吵闹声,而且还看见了刀光的寒冷,在这哗变声中,几百匹马啸声淹没了我的梦乡。第二天一早我离开了旅店,我在街道上又遇见了昨天晚上的那个老人,天才蒙蒙亮,他就已经拎着烟袋守候在镇门口抽烟了。我坐在他一侧,将我昨天晚上梦到的场景以及我听见的声音完整地告诉了老人。老人吸了一口烟雾告诉我了一个事实:我昨晚下榻的旅店从前是一座马帮人住的客店,在传说之中,那场两兄弟的哗变就是在那座客店开始的。那个夜晚连一颗星星也没有,也看不到月亮的任何影子。后来昔日的客店被夷平之后,建起了新的客店。然而,住进去的每一个人在头天晚上都会听见马蹄声声。

我看见了鬼影相撞,我深信世界上飘动着鬼影,我的母亲曾经告诉我说人与鬼之间只隔着一张薄薄的纸。只要捅开这张纸,即刻之间就会看见鬼。我明白了,鬼只不过是附在空气中的死者的魂灵而已,因此我已经慢慢地不再害怕鬼,我知道,任何鬼魂缠绕的不是生者,而是伴随死者生活过的场景、气息而已。

我的身世像幽灵般转动不息
（1987·剑川）

1987年秋日的黄昏，我曾经是幽灵，环绕着这幢老房子走来走去。然而，我实际上是找一个人，去年的某一天，我曾经在这里遇见过一个盲人，他拉着二胡坐在台阶上，从他零星发出的声音中，我感觉到他并非是一个本地人，他确实是一个异乡人。

异乡人，总是像隔着一条河流，甚至是隔着一个国家，而这个异乡人却隔着一把乐器。然而，他一旦奏响乐器，隔阂仿佛就像撕开的纱窗，使我与他之间，他与这座乡村之间产生了透明的关系。

我坐在台阶上，听了他拉的一曲《二泉映月》，这首古老的名曲总是被一个又一个流浪艺人演奏着，作为献艺的名曲，总是会骚动起无数人的心灵。除我之外，在台阶上坐了许多人，他们大多是接近暮年的人。年轻人很少坐在台阶上倾听一个异乡的盲人演奏《二泉映月》。我知道他已经来了好久了，不知他夜晚住在哪里，没有一个人看见他真正地消失，也没有一个人看见他是什么时候来的，所有人看见他的时候，他已经坐在台阶上。他准备演奏之前，人们就已经自动地来了，只有枯燥乏味的乡村生活才可以让他拥有自己的位置，在这里，他演奏的乐曲会感动倾听者，而在别处，在城市的广场上，我不知道有没有一个人认真地去感受他的《二泉映月》。

我称他为盲人，坐在台阶上的人则称他为瞎子，盲人和瞎子都是同一意思，即眼前一片漆黑或者眼前一片发白的人。我坐在台阶上，他的全部行囊除了乐器之外就是一只洗得已经发白的包。他的衣装很暗淡，从他的形象上产生不了任何令人激动的色彩，只有他演奏时，我的心灵才会随同弦弓在震颤。听他演奏完《二泉映月》时，我仿佛淋了一场细雨，我和台阶上的所有人都站起来目送他远去。看上去，谁也不想探究一个盲人、一个瞎子到底往哪里去。

除了演奏《二泉映月》之外，他几乎是这座村庄的局外人，因为他的户口、籍贯不属于这座村庄，他只是过路人而已。很长时间以来，他总在太阳升起时，那正是一座村庄最为寂静的时刻，因为农夫们已经到田地里干活去了，留下来的也许就是孩子和老人们，还有少量的妇女。就在这种寂静中，他来了，远远地看着他来的影子，他的身体显得很单薄，像一个树杈或一根竹竿的晃影。他远远地来了，然后坐在台阶上，这正是阳光照着台阶的时刻，看上去，他很满足，他很满足这片照耀着台阶的阳光，他的嘴角涌起了一种惬意，甚至是一种温馨的感恩。我就在这种状态中离开了这座村庄。此刻，我又来到了村庄，能够给我带来记忆的也许就是这个异乡人，这个带着乐器的盲人。

有人告诉我说，瞎子早就离开了。于是，我就像幽灵般出入着村庄，有人又告诉我说，在旁边的另外一座村庄里看见过瞎子坐在阳光下演奏《二泉映月》。我问这村庄到底有多远，那个人告诉我说只相隔一条河流。我知道瞎子到河流那边的村庄演奏《二泉映月》去了，这就是他的命，他将会从一座村庄走出来又走到另外一座村庄去。

我则像幽灵：因为携带着生命中难以言喻的宿命，用身体负载着一切邂逅的约定之谜，它就是语言的乌托邦。因此，我的身世像幽灵般转动不息。

开花结果
（2000·洱源）

2000年的春天，我站在草木复苏的田野上，一只硕大的松鼠从山冈窜到了山下，攀上了一堵墙壁，此刻，它转眼之间就消失了。我看着这堵墙壁，它留下了花纹，我知道并深信：每个人心灵深处都会期待着一种开花结果的命运，因而我用下面这首诗结束这次文本的旅行，因为诗可以有效地表达出一个更加隐私的旨意：即我们的身体死去活来的谜底。下面就是我的这首诗：

让我从一把剪刀的张开中，仔细地
触摸到被剪断的忧愁和烦恼

接下来，我要做的事就是酿蜜

我的蜜罐沉而轻盈，它像所有喷泉般

充满了源头。不可能避开的是焰火

以及在焰火之中翻滚出去的翅膀

我们小心翼翼地藏好双翼只是为了展开它

一旦我们被象棋和地图所局限

我们有可能已经开始搏斗

像透亮的明月般逶迤而去

像橘子一样的金黄色

此刻，我住在郊野，住在酿蜜的四周

满天飞舞的蜜蜂蜇出了一个有魔法的天下

以前我曾经为肉体而痛苦，甚至为肉体而轻生

此刻，蜜蜂来了，世上最永久的伙伴

在墙壁上蛰出了斑点，也许那就是一道铭文

此刻，我住在郊野，我的身体开始

酿蜜，为此，我一次又一次

错误地以为蜜就在瓶里晃荡

在爬满藤植物的墙上往外攀缘
直到我弄明白了,在遥远的过去
酿蜜的人,那些古代的人们不顾一切地
献出了纠缠不清的梦魇之后
才寻找到了酿蜜的诀窍

此刻,我张开了剪刀,我剪断了
身负秘密使命的绳索;我剪断了早已被我
所锤炼过的格言;我剪断了镜子里的庆典
我剪断了晚宴中红色迷离的风筝

我剩下了自己,足够的自我
用来酿蜜的那只罐:充满了西南方向的灵感
从里面可以触到泉眼,那是灼热而清凉的
从石头中溅出的梦,虽然有边缘
却是一种圆而又圆的符号,因此可以
复述我们的历史,而我的历史

现在是蜜的一阵漪涟,从谷物中

我寻觅到了种子，从芳香中我寻找到了花
从牧草坪上我陷入了巫师的灵感之区域
我陷入了蜜罐中一段甜而不腻的旅途

从荷马到弥尔顿，还可以溯源到
我来历不明的语词：它们从此左右我
让自己像一朵花一样从怒放到凋零
不可避免的开始和结果都已经酿成了蜜
这就是我离你已经越来越近的秘诀